中国儿童文学获奖作家经典丛书

胡萝卜先生的

胡子 【童话卷】

萧袤 主编

化学工业出版社

·北京·

我们是读着美丽的童话长大的，今天让我们再回顾一下我们记忆中的童话世界：蝴蝶仙子与善良的小姑娘相遇的故事；胡萝卜先生长长的胡子真奇妙；猴子变成了人类的统治者；乌龟和兔子又开始了赛跑，不知道这次的比赛结果如何；未来世界的神奇分身术让我们在时空中穿梭前行；稻草人有那么多比宝石还美好的心……这么多的童话故事，给我们的心灵以纯洁的洗涤，使我们回味那久违的纯真情感。

　　本书中收录的作品，均为获奖作品，文字优美，情深意切；每位作家都荣获过多种大奖，本书可谓是精品荟萃、大腕云集。阅读这些优美的文字，可以让我们的心灵得到洗涤，让我们的思维天空更加开阔。

　　本书适合青少年以及文学爱好者阅读，可以提高文学修养和欣赏水平，学习获奖作家的写作技巧，对于提高写作水平大有益处。

图书在版编目（CIP）数据

　　胡萝卜先生的胡子（童话卷）/萧袤主编. —北京：
化学工业出版社，2010.5
　　（中国儿童文学获奖作家经典丛书）
　　ISBN 978-7-122-07992-3

　　Ⅰ. 胡… 　Ⅱ. 萧… 　Ⅲ. 童话-作品集-中国-当代
Ⅳ. I287.7

　　中国版本图书馆 CIP 数据核字（2010）第 047439 号

责任编辑：郭燕春　　　　　　　　　装帧设计：尹琳琳
责任校对：战河红　　　　　　　　　插　　图：赵倩倩　吴延明　陈梅芳

出版发行：化学工业出版社（北京市东城区青年湖南街 13 号　邮政编码 100011）
印　　装：化学工业出版社印刷厂
720mm×1000mm　1/16　彩插 8　印张 14½　字数 175 千字
2010 年 7 月北京第 1 版第 1 次印刷

购书咨询：010-64518888（传真：010-64519686）　　售后服务：010-64518899
网　　址：http://www.cip.com.cn
凡购买本书，如有缺损质量问题，本社销售中心负责调换。

定　　价：28.00 元　　　　　　　　　　　　　　版权所有　违者必究

为孩子布展一个灿烂的文学星空

谁在为孩子提供精神营养？都有哪些作家在为孩子创作文学读物？

冰心、叶圣陶、张天翼、黎锦晖……

但他们都已经离开我们了。

陈伯吹、包蕾、鲁兵、金近……

但他们也已经不在世了。

一代人有一代人的生活环境、生活理念和生活方式，一代人有一代人的思维、想象和理想追寻，一代人有一代人的欣赏趣味、阅读需求和善美标准，所以，一代人有一代人的文学。作为建构人性优质基座的东西，形成人性积极底线的东西，譬如勤劳、善良、诚实、勇敢，譬如责任感和人道精神，譬如对美好的热爱和对高尚的崇仰，譬如对施爱予自己和对帮助过自己的人理所当然的感恩，等等，这些是千百年不变的，是世界五大洲人所共同的，所以安徒生和格林兄弟留下来的好童话我们要读，《一千零一夜》和《伊索寓言》中的好故事我们要读，《木偶奇遇记》和《汤姆·索耶历险记》我们也要读。而今天风华正茂的作家们，他们都为我们准备了些什么样的文学营养品，我们更应该知道。他们在作品里所灌注的情感和思想一定是有别于前面提到的那些作品的；从他们创造的形象里，我们很容易寻找到我们自己的影子，从而引起我们更多的共鸣。他们多数是自己当了爸爸、妈妈几年或数十年了，他们懂得如何对今天的孩子进行美的导引，怎样写才能打动孩子的心灵。他们像了解自己的邻居那样了解今天的孩子，只有他们的作品能

够让我们零距离地触摸今天的生活，只有他们能够活灵活现地塑造出我们似曾相识的人物。他们对我们的文学牵手，是格外亲切和格外能给我们传递温暖感的。

萧袤编辑的这套丛书，正好大体囊括了这批风华正茂的儿童文学作家这些年的精美产品，正好可以让我们晓得都有哪些爸爸妈妈们在辛勤地为我们写作。他为我们布展了一个灿烂的文学天空。翻看目录，就像是我们在夜间仰望星斗。那是萧袤为我们像按图钉似的一颗一颗按在湛蓝的天幕上的。它们是被拣选出来的，它们的质地在说明着它们是亮的。它们的亮，亮得很养眼，很养心。它们是有生命的，有血肉的。益智、导思和染情的用心蕴含在每个故事的字里行间。但是它们又是不同着身姿、不同着样态、不同着神貌、不同着气质、不同着韵味的，就像是河湾不同于山涧，礁石不同于山峦，悬崖边的松树不同于湖塘岸的垂柳，玫瑰花不同于紫罗兰，剪纸不同于油画。我们要去触摸它们，阅读它们，才能感受和体会到这种同和不同。萧袤所布展的这个星空是丰富多彩的，值得我们去仔细观赏。我们来读它们，我们来读星星——今天亮在我们身边的中国的文学星。我们走进这些文字里，就会知道，我们虽然共同生活在同一片蓝天下，而不同生活境遇中的人却有着多么不同的童年、人生和命运，我们虽然在同一个社会里活动，而付出的辛劳和收获的幸福却千差万别。

这套丛书体现着编书人对书的拥有量和阅读量，考验着编书人寻觅和打捞优秀作品的本领，更说明着编书人的眼光和眼力、境界和胸襟。萧袤是个心存大善、脑蕴大智的人，我拜读过他的文章，观赏过他的书法，还细读过他的画作，都已算得上是入了佳境的。我通读一遍他选的这些篇章后，证实了我的

判断没有错。由他来布展这个文学星空，配称和胜任自不待言。选文的后面都附有作家简介，这对我们理解作品很重要。人或说，你吃鸡蛋，一定还得认识一下产这个蛋的鸡吗？是啊，吃蛋是可以不认识鸡。不过读文学作品和这吃蛋有很不同的地方，比如说，有这样几句诗："死亡/你还在等我吗/我仍然活着"你如果知道这个诗人已是多年的癌症患者，这诗就很容易读懂和理解了。一个儿童文学作家的写作题材和写作风格往往与他童年生活有紧密的关联，一个在穷乡僻壤长大的人和一个在大都会里长大的人，写出来的作品往往会很不一样。并且，你还可以顺藤摸瓜，去读读简介中提及的其他作品，更多更深地了解作家们。

这个星空有多么灿烂多么美丽，年轻的朋友们，你们自己来看吧。

韦苇

（江南浙中人，曾任云南师范大学和浙江师范大学教授，著名作家、诗人、翻译家，任通用义务教育教材编审委员会委员。多篇中文译著被收入大陆、台湾、香港从幼儿园、小学到大学的各级各类教材，多次荣获国家级大奖）

目录

目录

《中国儿童文学获奖作家经典丛书》编写人员

主　　编：萧　袤

编写人员：（按汉语拼音排序）

蔡佩霖	曹玮娜	陈　刚	陈家星	刁玉琦
高晓璐	郭　黎	金　珊	李静潭	李志关
李忠平	刘怡辰	彭建晖	宋　宇	孙胜蓝
唐　博	唐　菁	唐　坤	王　雷	王　起
王　燕	王　彦	王　银	王海峰	王世伟
向　丹	谢　朝	谢　飞	谢　天	徐宪江
叶连伟	张　艳	张俊杰	张小川	赵晋锋
周　博	周永春	朱颖川		

小 蓝

● 小　山

　　这个瓶子很好看，是由于它有两个月牙耳朵。如果它站在窗台上，你会觉得它像一个画家姐姐的花瓶。

　　它的身体是蓝色的，非常非常蓝。所以，当它滚动在大海里，你根本分不清它藏在哪片蓝色的波浪下面。而它在海水里跳舞，淘气得像一只小海豹，你还真以为是鱼儿把海水弄得浪花四溅哩。是的，这个瓶子已经是大海的一员了。

　　它最初是被人丢弃在沙滩上的，被大家看成是个可笑的东西。海洋生物都远远地离开它，谁也不来理会它。好多个日夜，它寂寞地躺在沙子上，夜里只听到海风阵阵吹，白天它又被太阳晒个半死。它像一个小孤儿，被冷落在一边，一个朋友都没有。

　　它很是心情难受。谁被冷落一边都会难受。

　　风吹日晒，它不能不想自己的命运，它的身体和耳朵都糊上了尘土与海滩上的脏东西。这更使它难受极了。

　　一天，一棵海草漂上海滩，意外地缠住了它的腰身，海潮退去时，它被海草拖到了海水里，停留在一块礁石的旁边。这下子它舒服了，海水灌进它的肚子里，它不饿了；海浪冲刷它的身体，它不脏了。就连它的两个月牙耳朵也变得干干净净，不仅听浪花声更大了，它甚至听清了海水深处鲸鱼的歌声。在一个繁星满天的夜晚，它还听见了美人鱼的哭声……

　　日子又过去了许多天。它在礁石旁边孤零零地坐着，再一次

感到无边的寂寞。虽然有些小东西游过它的身边，谁都没有停下和它搭话的意思，好像它不存在似的。它也看到海滩上爬来爬去的一些家伙，螃蟹和海龟大摇大摆地来往于沙滩与海水之间，可是它们把它当作了怪物，几乎是用轻视的眼光匆匆瞧一眼它，就骄傲地离开它，各自寻找乐子去了。它在礁石旁边天天坐着，不饿也不冷，可是身体长得胖了——它觉得自己很笨很笨。

看来，没谁想认识它，也没谁愿意和它玩耍。

在海滩上躺着和在海水里坐着没什么两样了，它仍然是孤单的，并且被冷落。

由于很久以来除了用耳朵聆听，没有语言交流，它的嘴巴常常闭得紧紧的，它觉得自己快变成哑巴了。

一天上午，一个小海星走到它眼前。小海星轻盈地在海水里飘着，几乎像是在飞，又能在海滩上走动，瓶子十分羡慕小海星轻松自如的快乐！于是，它主动和小海星打招呼——

"你好啊！"

"哈哈，你这个可爱的蓝色客人！"小海星高兴地上前，亲吻了瓶子的耳朵一下。

瓶子蓝色的脸羞出两朵玫瑰红……它想不到自己能被喜爱。

小海星又嬉戏地来撞撞它，然后才笑哈哈走开，回到海底了。

这下子瓶子开窍了！它要主动和大家玩啊，它的孤单完全是由于它自己太沉默了，好像它不喜欢任何一位海洋伙伴。它还以为人家都不搭理自己呢。

第二天，它不仅和小海星又一次说话，还主动问候了小蛤蜊、小虾、小三叶虫。就连老螃蟹领着小螃蟹经过，它也特意对小螃蟹笑了笑，小声说："你好，你好。"于是小螃蟹没有跟着老螃蟹走上海滩，而是留下来，和它玩了好一阵子。

老螃蟹来寻找小螃蟹回家吃饭时，还对瓶子说了一句温暖的

话："哦，蓝色的小家伙，你终于会和大家做朋友了！"

是的，它不再孤孤单单了。它也不想再和大家隔膜起来，好像它是个陆地上来的落难公主。它知道了，它必须学会主动跟大家友好。所以，即便是它的问候没有得到回应，即便那个小海马好奇地看着它，恶意地瞪了它一眼，明显是瞧不起它，也丝毫不影响它交朋友的愿望。它甚至在太阳高高地升起时，面向空旷的海滩大声喊着：

"你们好啊！"

海面上传来鸥鸟的呼叫声时，它也大声喊着："你好！"

深夜，它再一次听到美人鱼哭泣时，它会去主动地安慰她："嗨，小姑娘，你的眼泪把我的心都哭疼了，看啊，月亮都变暗了。你过来吧，我把我的手给你，当我们拉起手，你就不会那么悲伤了。"果然，美人鱼止住了哭声。

瓶子终于在海水里开心了。不久它有了很多朋友，差不多每个经过它身边的海洋生命，都会和它打招呼了，它们叫它小蓝——它一直是蓝色的，即使它在海水里浸泡了整整一个夏季。

秋天来了时，小蓝想：我也该像它们那样能够到处走走，总在礁石边上待着太傻了。可是，它没有会划水的尾巴，也没有四只脚，更没有八只脚。

它该如何走路呢？

它可以被抬着呀？它不是有两个耳朵吗？如果螃蟹和海龟肯帮忙的话，它的耳朵就像两个把手。或者，一棵海草如果再来，并且肯出力的话，就缠住它的腰身，带着它在海水里游泳——那一定是大海里有趣的一幕：一个蓝色的漂流瓶在海水里起伏前进哩。

然而，瓶子不想连累大家。有了朋友不是为了寻求帮忙的，朋友的存在，是心灵的需要。当它大声说"你好"时，那不意味着是"请你帮忙！"

后来的连续几天里，大家都看到小蓝在学习一个本领。

每当海水涨潮，小蓝就顺势在海潮上漂浮，一会儿爬上海滩，一会儿又滚落到海水里。有时海浪卷着它，像大象用鼻子抱起小象；有时它被浪花抛起来，像一双海洋的手抛着小孩子嬉闹。它一点儿不担心自己会被海潮摔疼！它也不怕呛水，它早已习惯了海水的味道，当它故意蜷紧身体任凭漩涡把自己带到海水深处，它觉得自己也像小鲸鱼一样会唱歌了，歌唱大海摇篮般的爱意。它不停地练习在水中的功夫，直到自己随心所欲在大海里游来游去……

小海星高兴地说："小蓝，你已经像一条鱼了！你也是大海的女儿了！"

是吗？它仍然记得一些在陆地上的事情。可是，它却被一个人带到大海边，又被随便地丢弃在海滩上，孤儿一样寂寞——谁能说清命运是怎么回事呢？

关键是，不要被命运捉弄得永远不开心。

现在它也会飞会走路了，海水流动，海浪涌起，它借助大海的力量，到达它想去的地方。它可以找到已经熟识的朋友，去小海星家做客，和小螃蟹一起散步，还让小虾进入自己的肚子，玩捉迷藏的游戏。有一次，它和海草一起去珊瑚礁，看海葵和水母。它还独自跑到美人鱼身边，给美人鱼表演吹口哨，让她把哭声变成了风铃一样的笑声。它是大家的朋友了。谁都可以呼唤小蓝一起玩耍。如果到沙滩上逗留一个下午，傍晚时，它会骑在海潮的背上，快乐地和一群小蛤蜊回到大海中。

大海上，常常飘荡着它的呼唤："你好！你好啊——"

它是大家善良友爱的小蓝了。

许多个繁星夜晚，大海里的小家伙们围成一个大圆圈，让小蓝在中间跳舞、唱歌，大家拍手，随着节奏跟着应合，一派热闹……简直就像海岛土著部落的庆典！

小补丁

● 小 山

题献：博友京辉——

你那么爱好飞翔！

小补丁就叫小补丁。当她来到紫紫村时，她对那些旧衣服们说：

"我来自远方，名字叫小补丁。"

小补丁来自城市。那个城市是轻工业城市，有几家像样的纺织厂。而小补丁的家，是一家丝绸店，五颜六色、七彩斑斓的一匹匹丝绸堆满了货架子。小老板是个小伙子，不仅卖成块的丝绸，他还是一个顶好的裁缝，每天用大剪刀和皮尺快速地工作着，使一匹匹丝绸变成了衣服和裙子。他尤其喜欢制作华美的旗袍。小补丁就是小老板一剪刀下去后，"咔嚓"一声剪掉的一角绸料——对旗袍来说，她是领口多余的一小块儿，于是，空气里听到"妈呀！"一句喊疼的叫唤，小补丁从此诞生了。但是，小老板自言自语：

"你呀，只能做一块小补丁了。"

好玩的是，小补丁根本没在城市里久留。一阵风把小补丁吹走了，吹上了半空，翻越了店铺、商场大楼、市政府广场、铁路，翻越了高山、小城、村庄。小补丁记得，还飘过了一条很宽的河流，它才终于停下来，落在了一个山脚下。这阵风不是吹落树叶吹响电线的风，小补丁后来明白，这阵风叫命运，有意把她

胡萝卜先生的胡子

5

从城市送到乡村。

哇，这个山村太美了！芍药花、桔梗花开满了幽暗的山谷，山坡上是很大很大的苹果树。一道清冽的泉水，从一个深潭跳出，直奔村庄里，穿过了整个村庄，又流淌向村外。

可是这个山村里的人生活很贫穷。出出进进的大人孩子都穿着破旧的衣服。他们那苹果似的圆脸上一点儿不开心，好像苹果总也没红没甜，只是些生了锈斑的苹果而已。他们的上衣和裤子不好看，他们的被子也陈旧不堪，就连孩子们的小手套、小围巾、小手帕也仿佛被有害的风吹了一百年，颜色黑糊糊的，既不温暖，也不柔软。这些孩子们中的女孩，竟然都不穿花裙子。

这是个奇怪的村庄，大自然富饶，人们却生活穷乏。小补丁想。

小补丁又想：我总能做点什么吧。我是一个有愿望的小补丁。

所以，她决定进入村庄里面，她和自己说：我愿意去，至少可以和那些衣服、被子们聊聊吧。

读者还不知道吧，自从小补丁一跃飞到空中，被那阵莫名其妙的风吹起来，离开了丝绸店，这一路上，小补丁的心灵渐渐长大了——

她的身体不会变得更大，心灵却是可以成长的，而且转瞬之间就变大了。她不再是店铺里那小块儿的婴儿绸，不再乱哭乱叫乱撒娇了。在空中飞行的旅途中——是的，她觉得自己乘风而行，像那个阿拉伯的神奇飞毯。她的心灵经历着百般变化，一会儿粉红色，一会儿天蓝色，一会儿黑色，一会儿绿色，一会儿像城市里的霓虹灯，一会儿像墙脚下的垃圾，一会儿像大海上的波浪，一会儿像草地上的风筝……小补丁说不出心里的滋味儿，在风的翅膀上，她有时无奈地躺倒仰面看星星，有时悲伤地随着隆隆雷声大哭起来，也有时站在风的翅尖儿上告诉风：

"不管你把我带到哪里，我都会活下去。你看见了我身上的

鸟儿图案吗？小老板说是凤凰，是鸟中之王，我和你一样会飞翔。"

可这是小补丁恐惧中说的大话。

毕竟小补丁太小了，她并没有自己的翅膀，她只是身上带着会飞的印记而已——那个织在她身上的金色凤凰，出自工匠的手艺，就像一只小兔子把写完的书信盖上一个圆圆的萝卜徽章，寄给另一只小兔子。小补丁身上的凤凰图案是工匠得意的印章，不是真实的翅膀。但小补丁却因此有了梦想的能力，在她被命运之风带着狂奔时，心中的愿望也越来越大：她要在到达的地方实现她生存的价值，并且价值很大很大……

所以风息了后，心灵长大了的小补丁，站在山脚下看着眼前的村庄，一点儿不悲观。她喜爱这个村子，她愿和这个村子融为一体，给这个村子里的所有衣服和被子带来点新的东西。

她遇见了第一件小上衣。小上衣正愁眉苦脸地挂在树枝上。

"你不高兴吗？小朋友。"她主动问道。

小上衣吓了一跳！他可从来没看见过一块儿这样的布呢。他耷拉着袖子、衣襟，瞧着到来的小补丁，不知道是否说话才好。

小补丁又主动说："如果你不高兴，我可以和你在一起玩闹，你说一种游戏吧——"小补丁看一个小孩子满脸烦恼，心里难过。

"你这个自负的小不点儿客人，我不认识你，不管你从哪里来，我要告诉你：不要轻易打扰别人。"没想到，开口了的小上衣这么一肚子火气。

小补丁不愿让他更不高兴，就不想和他一样生气。

"我叫小补丁。你的袖子破了一个洞洞，我可以当你的小补丁，你需要吗？"

小上衣一扭身子，脸涨得通红说："讨厌，你太新了！快走开！"

小补丁听了他的话心里一阵难过，慢慢地离开了小上衣。

她自问：自己太新了吗？她跨越了千山万水，经历了很多风

胡萝卜先生的胡子

7

雨，到达了这里。她还不晓得自己身上的金色凤凰确实仍然耀眼闪亮，像新的一样。金丝线是不怕风吹日晒的。

小补丁在村子里漫不经心地闲逛。那些长了茅草的瓦房、掉了土皮的鸡舍、散发臭味的猪圈，让她好奇，也让她觉得不可思议。那些来回走动的鹅，傻站着的牛，打量人的猫，她看了便心疼那种怪眼神。她来到了河边。

河水哗哗响着，是那条从深潭跳出的泉水，流成了这清清的河。

小补丁见到有一个女人在洗衣服。而她身后不远的河滩上，晾晒了许多件大小不一的衣物。小补丁闻到了水的清新味道，喝了蜜一样感到内心甜美，于是，她脚步清爽了，愉快地走到那些衣物面前：

"大家好啊！"她先问候他们。

衣物们虽然都躺在鹅卵石上懒懒地晒太阳，但好像他们心里是冷的，见到愉快的小补丁蹦蹦跳跳走过来，居然一起发出吼声：

"滚远点儿，你这个傻丫头！"

这么怒吼时，他们的脸色都变得铁青了，根本不对小补丁有一丁点儿友好。他们是些很旧的衣物了，非常旧，看不清质地和颜色了，表情也显得粗糙。他们有的是外衣，有的是棉袄，有的是背心，有的是裤脚损了边儿的裤子。

"我是来向你们问好的，愿意和你们成为朋友。"小补丁诚恳地说，而且她眼泪汪汪了。她被他们的冷漠弄伤心了！

"快回你来的地方吧，这里不欢迎你。我们从来不需要天外来物，这个村子里的衣服够拥挤的了！"一件很老的背心说，算是对小补丁解释了一下。

说小补丁是天外来物也不差，她从天空落到山脚下，来到村子里，是那阵命运的风带她来的。

"你们彼此相爱吗？你们不欢迎我，因为你们彼此是好朋友

了吧?"小补丁勉强着问。因为,她看到了那么好的河水,不愿意马上离开衣服们。

老背心皱紧了眉头,浑身的皱纹更密了。他转眼看身边的其他衣物,见那些衣服也对他横眉冷眼,马上说:

"我快被他们累死了,还能相爱!他们和我套在一起时,就像狠心的绳索勒得我透不过气儿,那种凶巴巴的心劲儿恨不能把我撕碎。哪一件衣服都是凶恶的!"老背心说完,瞪了离他最近的衣服一眼,因为那件衣服的袖子正悄悄摸过来,要伤害老背心。

天哪,这是些什么衣服啊?简直跟野兽一样。

小补丁流下了眼泪,哭着走开了。

天黑了,村庄里虽然很静,却伸手不见五指。小补丁在暗暗的村路上走着,心里很不好受。她想走进一家里暖暖身子,夜里更冷了——她上前敲了一个门,门却没开。但她连续的敲门声引来了一个回应:

"别白费劲啦,小家伙!一个补丁能对他们怎么样呢?这个村里的人家从不会对客人开门的,他们夜里早早就入睡了。他们厌恶求助的客人。"说话的是一块抹布,破破的,挂在门口的栅栏上。

小补丁看见她挂在那里,身上都是撕破的伤口,像被打伤的婆婆。小补丁走近她,把自己的脸贴到她身上。与其说取暖,不如说是小补丁觉得她很痛苦的缘故,想贴近她。但抹布麻木了,由于品尝不幸太多了,她对亲密本能地躲闪了一下。小补丁真痛心自己的同类变成了伤痕累累的抹布。

"你在这里也很冷吧。你为什么不呆在房间里的炉台上?或者,没准他家的柜子旁边有一根木棍呢,你可以挂在那里。你被抛弃了吗?"她关心地问她。

"我看你是个小天真!不管你从哪里来,我要告诉你:像我这样擦过许多脏东西的破老婆子,是不会被人家收留的。我的坏

命运只等自己在门外腐烂掉了。走吧，小家伙，飞走吧，我看你是一只小鸟，趁早飞走吧，离开这个绝望的村子远远的。"说完，抹布闭上了眼睛，一脸衰惫相。

不过抹布说得对，小补丁的确也是一只鸟，她身上有凤凰的印记。她没有飞走，她也不觉得这是个绝望的村庄。她轻轻地对抹布说：

"晚安！我给你美丽的祝福！"

抹布一哆嗦！她这辈子也没听过一句温暖的话。她一辈子都被命令来命令去，而且全是些不耐烦的口气，夹杂着轻蔑。

抹布没有睁开眼睛，哆嗦了一下后，又恢复了满脸绝望。

她不打算返老还童了。

小补丁祝福了抹布后，就离开了门口。她知道敲门也不会有人来开门，很纳闷又很不快乐，真是有些累极了。比在半空中飞还累。她的脚已经磨出了血泡。

她到了村口，在一棵大栗子树下坐下来，叹了一口气！

"哦，欢迎你，好看的小姑娘，今晚我真是幸运，看到了天使。"是栗子树说的。

前面已经讲过，这个村子周围的草木花儿都非常美丽。小补丁一来到紫紫村的山脚下，就发现了这个自然现象。大栗子树的热情问候，并不使她吃惊。美丽的东西总是有热情的，这是上天造物时，就赋予他们的特性。小补丁背靠大树像在自己家里一样放松。

"谢谢你在这个夜晚款待我，我确实很累了。"小补丁答道，"我在空中飘了很久，又在村子里步行了很多路。而且你知道，我受尽了冷遇！你让我可以歇歇脚了。"小补丁诚恳地说。

"若是你愿意，你可以到我的树冠里大睡一觉。我觉得你是一只小小的鸟儿，正适合树叶的呵护，补充身体的力量。"

大栗子树也说她是小小鸟儿，小补丁笑了。她是，她明白自己的命运了。

"树伯伯啊，若是村庄里的衣服都像你一样有爱心，该有多好啊。"她感叹道。

本来小补丁是希望自己就住在村子里——她渴望和那些旧衣服旧被子在一起，成为为他们服务的小补丁，没料到，自己被他们驱赶到村外无处安身。

小补丁在大树下睡着了。

小补丁还能回到她来的城市吗？那个小老板还记得她这角小丝绸吗？

她身上那个凤凰能带她飞得更远吗？

小补丁也不能回答自己。

她只是一块儿很弱小的补丁，并不是神通广大。

但她记得，自己在天空中心灵变幻万千时，产生的最大愿望是在她来到的地方服务，缝缝补补。是服务，而不是逃开。

已经是深夜了，当凉凉的夜风使得小补丁醒来，她看着满天星斗，没有选择飞走。

她想清楚了，不能逃跑似的离开村子。

她只是需要在村口恢复一下体力。

等天亮了，她将再进入村庄里，找那些旧衣服们。

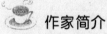 **作家简介**

小山，本名贾秀莉，辽宁丹东人。毕业于辽宁大学历史系。现供职于《福建文学》杂志社，中国作家协会会员，鲁迅文学院第六届中青年作家（儿童文学）高级研讨班学员。已出版诗集《逆光的孤儿》和《那拉提诗篇》、随笔集《天香·圣经中的女人》、童话集《菜园子童话》。获过辽宁省儿童文学奖、冰心儿童文学新作奖大奖、福建省优秀文学作品奖，《儿童文学》2005年、2006年"魅力诗人"称号。

洗呀洗，睡呀睡

● 肖定丽

一场大洪水，把两只动物冲到了孤岛上。一只是树袋熊，一只是浣熊。

他们紧紧地拥抱在一起，庆幸自己没被淹死。

之后，他们很快就分开了。树袋熊打着哈欠说："我困极了，我要到树杈上睡一觉。"说是到树杈上，可是树袋熊刚爬到树的半腰就抱着树干睡着了。

浣熊呢，马上举着手向水边跑去，"我要洗干净我的手，我的手摸到了树袋熊的毛！"浣熊洗了手，洗了全身，还洗了个红苹果，吃得饱饱的。他特意留了几个给树袋熊，放在树叶上。树叶是金黄的和通红的，也在水里洗过了。

浣熊也累了，就靠在树袋熊睡觉的树下睡着了。他想明天醒来就跟树袋熊一起到岛上看看。

第二天早晨，一轮太阳升起来，浣熊一跃而起，开心地大叫："哈哈，清水刚刚洗过的太阳出来了，太好啦！"

浣熊的声音吵醒了树袋熊，树袋熊眼也不睁地说："老兄，求你别洗了，我梦里全是你哗啦哗啦洗东西的声音……"

"嗨，你醒啦！我们一起去岛上转转吧！"浣熊兴致勃勃地叫道。但没有回应。"喂，老弟，你该吃点东西啦！"浣熊把刚刚洗过的苹果举起来，苹果上还滴着水珠。还是没有回音。"你可真能睡。"浣熊失望地说。他重新把苹果放到树叶上，打算自己去岛上转转。走了几步，他有点不放心，回头对树袋熊说："你还是爬到树杈上去睡吧，免得睡熟了，手一松掉下来。"

这一回，树袋熊算是听见了，他动了动，又动了动，结果爬了没几步，就又头朝下，睡着了。"哎哎哎，老弟！"浣熊马上跑回来，张开两手，准备接住掉下来的树袋熊，但树袋熊头朝下紧紧地抱着树干，睡得香极了。

"你这样是不安全的，快睡好！"浣熊大喊。但他只听到风吹动树叶的声音。树袋熊像是树的节疤一样，一点声息都没有。

"我得把他弄下来，放在树叶上睡。他要是一个倒栽葱摔下来，岛上可就只剩下我一个了。"浣熊抱来一堆树叶放在树下，摊得厚厚的。

"喂，老弟，下来到软乎乎的树叶上睡吧！"浣熊擦着汗，笑眯眯地说。树袋熊这会儿正在梦乡里，哪里听得到浣熊的声音。

"喂喂喂，别让我担心啦！"浣熊有点生气了。

"老弟……"

最后，浣熊要发火了，他朝着树干上踹了一脚，然后跑去水边洗手，洗脚，洗全身的毛。为了不让树袋熊掉下来，他已经把自己弄得脏兮兮的了。

当浣熊撩起第一把水的时候，熟睡的树袋熊醒了，脸上的表情显得很烦躁，他嘴里嘀咕着，但浣熊什么也没听见。

一天就这样过去了。

第二天，浣熊睁开眼的第一件事就是看树袋熊。天哪，他一夜也没动弹一下，还是头朝下，口水顺着树干往下流。

"真有你的！"浣熊嘟囔了一句，就跑去水里洗脸了。

"浣熊，你到底有完没完，为什么总是在洗呀洗……"树袋熊嚷嚷着，但声音还是很小，好像在梦里没睡醒。

浣熊只隐隐约约地听到了一点声音，他洗完后冲着树袋熊说："睡睡睡，没完没了，我可自己去逛逛了。"

胡萝卜先生的胡子

浣熊这一次头也不回地走了。不过，他在树叶上留了一大堆吃的。

太阳升高了，一只蝴蝶飞到树袋熊的鼻子上，树袋熊痒痒的，忍不住动了动嘴角。

太阳西沉的时候浣熊才回来，他脸上全是笑，背后背着一大堆吃的，脖子上还套着个花环。他本以为给树袋熊留的东西已经吃了个精光呢，回来一看，苹果呀，鸭梨呀什么的，一个也没动。

"下来，树袋熊！"浣熊实在忍无可忍，冲着树袋熊大叫。见树袋熊没反应，他扑通跳进水里，用力搅了起来。树袋熊终于醒了，他从树上爬下来。

浣熊也从水里上来了。他们两个对视着，一步步走近，然后两头相碰，身子紧紧地抱在一起，打起架来。

他们俩一会儿你上我下，一会儿我上你下，打得不可开交。因为离得太近，树袋熊的嘴和浣熊的嘴碰在了一起。

"啊！"浣熊大叫一声，推开树袋熊就朝水里跑去。树袋熊呢，被浣熊一推，正滚到苹果梨子的旁边，他拿起一只苹果"咔嚓咔嚓"啃了起来。

等浣熊洗干净上来一看，树袋熊不见了。"咦，去哪儿了？"

浣熊左看右看，找不着。他以为树袋熊也去逛小岛了呢，没想抬眼一看，树袋熊又抱着树干睡着了。"天哪！"浣熊吃惊得跌倒在地，这下又弄脏了毛，他只得重又回到水里去洗。哗啦——哗啦——哗啦！这是爱睡觉的树袋熊最讨厌的声音。

在这个小岛上，他俩就一直这样生活了下去。

一个洗呀洗，一个睡呀睡。

 作家简介

肖定丽，属蛇。中国作家协会会员。出版有《住在北街的风

神》、《女生不简单》、《麻鸭和结巴猪》等几十本小说童话集。主要作品包括《河马当保姆》、《鳄鱼皮鞋》、《河马的蓝宝石戒指》、《小螃蟹的半个贝壳》、《幽默大师小豆子》等。曾获第五届国家图书奖、五个一工程奖、冰心儿童文学奖、第六届国家青少年图书奖等奖项。

河马的蓝宝石戒指

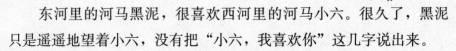

● 肖定丽

　　东河里的河马黑泥，很喜欢西河里的河马小六。很久了，黑泥只是遥遥地望着小六，没有把"小六，我喜欢你"这几字说出来。

　　因为，黑泥没有一只蓝色的宝石戒指送给小六。

　　黑泥觉得，小六是非常喜欢蓝宝石戒指的。但是，一只大大的蓝宝石戒指对黑泥来说，像天上的星星一样遥远。想到这些，黑泥都没法睡觉。

　　每天每天，黑泥对着西河只是望着，望着。

　　黑泥的邻居蓝蜗牛，观察了黑泥好几天，黑泥到底在看什么呢？他猜想着。

　　这天，蓝蜗牛还是忍不住问黑泥："黑泥大哥，你是不是想搬到西河里去，不想跟我做邻居了？"

　　黑泥叹了口气，红了一阵子脸，说："不是啊，蓝蜗牛老弟。我，我很喜欢西河里的小六，就忍不住看她。你看她多活泼呀，我喜欢活泼的河马。"

　　蓝蜗牛笑了，他说："是这样啊，你喜欢那只近视眼的河马小六呀。你喜欢她，应该告诉她。"

　　黑泥愣住了："你是说小六是个近视眼吗？"

　　"对呀，一点都不错。你从东河能看见她，她从西河看不见你。"

　　黑泥才明白，他看了小六这么久，小六都没朝这儿看过他一眼。

　　然而，就算小六是个近视眼，他也一样喜欢她。他还是一心

想送她一只蓝宝石戒指。没有戒指，他就没有勇气说出"小六，我喜欢你"这几个字。

蓝蜗牛明白了黑泥的心事，和黑泥一同叹气。

太阳西斜的时候，黑泥打算回家，他感谢蓝蜗牛说："老弟，谢谢你陪我看小六，还跟我一起叹气。你……"

黑泥注视蓝蜗牛的眼睛忽然瞪大了，他惊叫一声："老弟，你多像一只蓝宝石戒指呀！"

蓝蜗牛一听，探出他的触角，笑了："黑泥大哥，你想蓝宝石戒指都想疯了。我除了壳是蓝色的，别的地方都不像啊。"

黑泥咬定说："像像，我看你像，要是找一根很结实的草，穿过你的壳，结成一个环，你的头也不要在关键的时候伸出来，很像很像一只蓝宝石戒指呀！"

蓝蜗牛看着激动得发抖的黑泥，半天没有说话。

"黑泥大哥，你不是想让我充当蓝宝石戒指吧？"

黑泥说："老弟，我正是这么想的。我不是想欺骗小六，我跟她结婚以后，等有了钱，我可以给她买一只真正的蓝宝石戒指嘛。反正，反正小六正好是个近视眼，不会认出来的。老弟，你就帮我这一回吧，我都失眠好几个夜晚了。"

"黑泥大哥，这不是一件小事，我可不能一口答应你，我得考虑考虑。"说完，蓝蜗牛匆匆地走了。

黑泥望着蓝蜗牛的背影，想再说点什么，又闭上嘴。蓝蜗牛说得对，这不是一件小事。

第二天，蓝蜗牛主动来找黑泥，他答应了黑泥。黑泥高兴得哭了，他知道蓝蜗牛会答应他的，他们是最好最好的邻居呀。

就这样，蓝蜗牛被打扮起来，黑泥要亲手把他送给可爱的小六。

黑泥手捧蓝蜗牛一步一步向西河走的时候，蓝蜗牛心里紧张极了。他不时地探出头来问这问那。

"黑泥大哥，小六要是试试宝石真假，用她的牙咬咬我怎么办？"

胡萝卜先生的胡子

"不会的，小六不会。把你的头缩回去，老弟。"

"黑泥大哥，小六要是把我拿银行去鉴定，我会露馅的。我会不会被送上法庭？"

"不会的，小六不会。把你的头缩回去，老弟。"

"黑泥大哥……"

"快把头缩回去，老弟，我们到了。"

……

黑泥站在小六面前，结结巴巴，花了很长的时间，才说出了"小六，我喜欢你"那几个字。接着，他颤抖地捧上了宝贵的"蓝宝石戒指"。

小六久久地看着蓝宝石戒指，她的嘴唇在抖动，泪花在她的眼里闪现。看得出，小六很喜欢这只蓝宝石戒指。黑泥精心设计的一切成功了！

不久，小六戴着蓝宝石戒指和黑泥结婚了。小六搬到了东河，黑泥再也不用天天朝西河张望了。

当他们真正地过日子的时候，黑泥发现，小六很少戴蓝宝石戒指。干家务的时候，她就随手把蓝宝石戒指放在水槽边，忙这忙那，像是把戒指忘了。

蓝蜗牛呢，趁机舒展舒展腰身，吃点东西，找同伴玩耍。黑泥感到很抱歉，他不能很快就买到一只真正的蓝宝石戒指，把蓝蜗牛替换下来。

蓝蜗牛说："放心吧，黑泥大哥，在另一只蓝宝石戒指来之前，我不会走的。我答应过你，就会做到。"

黑泥很感动，工作起来更卖力。

蓝蜗牛就这样一边玩耍，一边给小六当戒指。有时候他玩得忘了，不是回到水槽上，而是直接回到小六的指头上。可是，小六并没有发现。她像第一天看见他一样，珍惜他，很怕碰坏他，干活的时候，从不戴在手上。

蓝蜗牛当戒指一直当到结婚的时候。那时候，黑泥和小六有了自己的小宝宝。自然，黑泥还是没能买回来一只蓝宝石戒指。

黑泥很不安，他对蓝蜗牛说："老弟，小六再把你放在水槽上的时候，你就逃走别回来了。看来，我这辈子也弄不来一只蓝宝石戒指了。"

蓝蜗牛只是笑笑，什么也没说。

直到有一天，黑泥发现戴在小六手指上的蓝宝石戒指变小了，却变得更蓝更亮了。

"小六，你有没有发现，你的蓝宝石戒指变小了，是不是岁月把它磨损了？"黑泥躺在小六身边，看着小六的手指说。

"没有啊，它和原来一样大，比原来更蓝更亮了。我干活的时候，一点都没碰着它。"小六小心地把它放回到抽屉里。

黑泥几次想对小六说出真相，就是说不出口。

第二天，趁小六不注意，黑泥敲开了邻居蓝蜗牛的门。开门的是蓝蜗牛的妻子，蓝蜗牛跟她站在一起。

"老弟，小蓝宝石戒指是怎么回事？"黑泥问。

蓝蜗牛笑眯眯地说："黑泥大哥，那是我们的儿子哩。我想他比我漂亮一些，小六会更喜欢的。她没有看出来吧？"

黑泥的喉咙一时热乎乎的，不知该说什么好。他只是说："老弟，老弟……"

蓝蜗牛的妻子说："黑泥大哥，你们很幸福吗？"

黑泥点点头说："对，我们很幸福，这都多亏了蓝蜗牛，还有你们的儿子。"

蓝蜗牛很开心地说："你们很幸福，那太好啦！我和儿子作为一只蜗牛，不光当蜗牛，还能给邻居当蓝宝石戒指，不是每个蜗牛都能遇到这样特别的事情，我们感到很幸运。真的，黑泥大哥。"

那次交谈以后，这两家邻居，一直很幸福又很幸运地相伴了很久很久。

开满鲜花的秘密街道

● 肖定丽

三年级的毛丁丁正走在放学回家的路上，她手里拿着一只纸折成的笼子，里边放着一只春天里最美丽的蝴蝶。那是她在那条秘密街道上逮的。

所谓的秘密街道，名字却是毛丁丁给它起的。这条街道离毛丁丁上学的路有好一段距离，可毛丁丁总爱绕道走。因为，这条路上行人稀少，最吸引她的是每到春天，这条街道上就会开满粉红的桃花和雪白的梨花。每次毛丁丁都像傻了似的看着那一树树的繁花，空旷的路上，连一点自行车的铃声都没有，毛丁丁可以傻傻地看个饱。毛丁丁更喜欢这条街道上有着空空的、神秘的气息。

今天下午上学的时候，毛丁丁从秘密街道上经过，抓住了一只白色的蝴蝶，把全班同学的眼睛都羡慕绿了。放学的时候，她不由自主地又来到了秘密街道，想再逮一只蝴蝶跟这只蝴蝶做伴。

秘密街道上静悄悄的，偶尔有一两个人经过，都是匆匆的。一眼看过去，满树都是梨花和桃花的花蕾。再过几天这些花儿都该开放了吧？那时，眼睛都会被花迷住了吧。

毛丁丁就这样一边走，一边看。忽然，从一朵花蕾的后面飞出一只粉红的蝴蝶，在毛丁丁眼前低低地一绕，就缓缓地朝前飞去。呀，还有粉红的蝴蝶啊，要不是亲眼看见，真还有点不敢相

信。毛丁丁急忙猫着腰朝前追去。"有一只最漂亮的蝴蝶了，再有一只最稀奇的蝴蝶，全校的同学都要羡慕我的吧！"毛丁丁兴奋地想。

也许是毛丁丁手里拿着另一只蝴蝶的缘故吧，眼看到手的粉红蝴蝶，一闪又给跑掉了。毛丁丁穷追不舍，要是她做数学作业也这么执著的话，就不会得那么多的"良"了。

追来追去，毛丁丁忽然看不见那只粉红的蝴蝶了。连一点影踪也没有了。她正打算放弃回家去，却发现自己站在一间漂亮的小屋前。什么时候这儿盖了间小屋呢，好看得有点像音乐盒样子。透过窗户看去，一个身影在屋子里忙碌着，一阵阵香气正从屋子里飘散出来。是在做什么好吃的吧？这样想着的时候，毛丁丁的脚已经跨进了门里。

"是毛丁丁吧，猜你就会来，所以特意给你煮了玫瑰元宵。"

说话的是一个身穿粉红连衣裙的女子，一转身，真让毛丁丁吃惊，她美得赛过仙女！

"你怎么知道我的名字呢？"毛丁丁说着坐在那张铺着粉红台布的小圆桌前。

"怎么会不知道你呢，去年我就认识你啊。去年的春天你来赏花，你想去闻花香，结果花粉落进了你的鼻子里，你连打了两个喷嚏。那不是你吗？"女子说。

毛丁丁笑了，想一想真有这么一回事。

"这间屋子去年就有的吗？"毛丁丁问。

"你没注意吗？"

女子没有回答，只是笑眯眯地看了毛丁丁一眼。她来来回回地端东西到桌子上，脚下连一点声音都没有，像一只蝴蝶在擦着地飞。不像妈妈走路，如果毛丁丁在看电视，听见妈妈的脚步声，早早就关上去写作业了。妈妈的脚步要是像这个女子，毛丁丁就永远别想看动画片了。

"趁热快尝尝玫瑰元宵，味道很好的。"女子把漂着小小元宵的青瓷碗往毛丁丁的眼前推了推。

毛丁丁用小勺送进嘴里一粒元宵，啊，真是少有的香甜。接连又吃了两三粒，浑身热乎乎的。她轻轻地把手里的纸笼子放在桌子上。

女子盯着纸笼子看着，喃喃地说："是一只很美丽的蝴蝶吧？"

毛丁丁说："是的，就是在这条秘密的街道上捉的。"

女子又凑近纸笼看了看，看见蝴蝶还在纸笼里挣扎。

"多吃一点，再吃一碗。"女子拿起了毛丁丁面前的空碗。

"这屋子里就住着你一个人吗？"毛丁丁冲着正盛元宵的女子的后背问。

女子说："我还有一个像你一样大的女儿，今天下午吃过饭，她穿着洁白的裙子，偷偷地溜出去玩，到现在还没回来。我早跟她说，要等花儿全都开放的时候再出去，她不听我的话，结果……"

女子叹了一口气。

"为什么要等到花儿都开放的时候，再让她出来呢？"毛丁丁不明白，她心想，你女儿又不是一只怕人捉的蝴蝶。

"这个嘛……你吃完饭我再告诉你，元宵凉了就不好吃了。"女子笑眯眯地说。

毛丁丁三口两口吃完元宵，却感到头一阵阵地眩晕。每当毛丁丁吃得太多的时候，都有一种晕乎乎想睡觉的感觉。因为想听女子说她女儿的事，她才强打起精神坐在桌边。

"你能给我讲讲你女儿的事了吗？她为什么只有在花儿盛开的时候，才能出来呢？"毛丁丁紧盯着女子问。

女子说了一句："你跟我来。"

她的粉红的裙子一飘，已经站在满是花蕾的桃树梨树下了。

毛丁丁拿着放白蝴蝶的纸笼子，轻轻地跟在女子的后面。

只见女子鼓起嘴，对着成行的梨树和桃树吹了一口气，那些花蕾就像梦一样，全都舒展开了。雪白雪白的，那是梨花；粉红粉红的，那是桃花。白得白透了秘密街道，红的红透了秘密街道。

毛丁丁惊讶欣喜得只顾得上笑了。

"太好啦！太好啦！"

"为什么不凑近闻一闻呢，桃花和梨花都很香的。"女子提醒发呆的毛丁丁。

哪用凑近闻的呢，就是站在远处也能闻见这些花香的啊。

不过，听女子这么一说，毛丁丁还是忍不住凑近桃树那低矮的枝头，手里的盛白蝴蝶的纸笼子就放在了桃树下面。她两手捧着枝头上的桃花，凑近鼻子，深深地一吸，像去年一样，花粉又落进了她的鼻子，打了两个响亮的喷嚏。

就在这时，一只白色的蝴蝶和一只粉红的蝴蝶，从毛丁丁的头顶一绕飞走了。咦，那白色蝴蝶的旁边，不正是她要捉的粉红蝴蝶吗？可待她再去看时，两只蝴蝶已经飞入了花间。大概是白蝴蝶飞入了梨花，粉红蝴蝶飞入了桃花。它们一下子全找不见了。这时，毛丁丁想起给她吃玫瑰元宵的女子的话，唉，蝴蝶飞入花丛真不好找哇！她想起地上纸笼里的白蝴蝶，慌忙拿起来看。可是，纸笼里是空的，再也没有白蝴蝶的影子。扭头再看那女子，也不见了。

天，已经黑了。毛丁丁一步一回头地往回家的路上走去。

直到走到自己的家门口，毛丁丁还在发愣呢。

这时，妈妈匆匆地从外边赶回来，一把抓住毛丁丁的手说："你去哪儿了？我到处找你，饭没吃，作业也没做，你呀……"

毛丁丁想跟妈妈说蝴蝶的事，说玫瑰元宵的事，可妈妈哪里顾得上听呢。

第二天早晨上学的时候，毛丁丁早早地离开家，拐到秘密

街道。

毛丁丁一路走一路想，昨天的一切会不会是个梦呢？

不是的，秘密街道上的梨花和桃花的确是全开了。秘密街道成了花的小溪了。只是那所漂亮的音乐盒一样的屋子在哪里呢？找不到了。那个会做玫瑰元宵的女子又在哪里呢？也不见了。恍惚中，她又看见了一白一粉的两只蝴蝶在花间一晃，再仔细一看，又没有了。到底是花儿还是蝴蝶，真是说不清啊。

远远的，从雪白的梨花深处，从粉红的桃花深处，传来学校的铃声。毛丁丁撒腿朝学校跑去。

开满花儿的秘密街道很长，在奔跑着的毛丁丁的前边是不尽的桃花梨花；在毛丁丁的身后，仍然是不尽的桃花梨花。

跑着跑着，毛丁丁觉得自己也变成了一只蝴蝶，在雪白的梨花，粉红的桃花上飞，飞，飞……

有漏洞的碎蓝花布袋

● 肖定丽

　　小时候的愿望，长大后的确是能实现的。

　　力小时候的愿望是，在荒僻的马路边开一个茶食店。

　　力有这个想法，是有原因的。

　　还是孩子的时候，父亲带力去城里买雨布，是为邻家长辈爷爷办丧事，搭临时待客用的雨篷。

　　父亲开着辆旧的四轮车，力坐在车斗里的马扎上，望着路两边高大的白杨树一棵接一棵地后退，后退，心里不知有多高兴，他还是第一次去城里。这条公路上的车辆并不多，小轿车开过去的时候，"嗖"的一声，把他们甩得远远的。偶尔他们也能超过一两辆路边的自行车，力就高兴地站起来欢呼。没想到，车开到半道上，天一下子阴沉下来。接着哗啦啦地下起了大雨。幸好父亲早有准备，在车斗里放好了一把油布伞给力撑着，自己用透明的塑料袋子往身上一披，继续开车。雨打在伞上，发出连续来断的声音——嘭嘭嘭嘭，雨水淌下来打湿了力的脚。力心烦起来，他打小就不爱穿湿鞋子，可是两只脚放在哪里都不行，雨点密密的专往他鞋上打。

　　更糟糕的是，四轮车熄火了。是没有柴油了。力只好跳下车斗，跟父亲一边一个推车艰难前行。离城还远着呢，但雨越下越大。一路推一路走，浑身湿透，好冷。路上竟连一辆跑的车也没有了，路两边绿色的玉米地，笼罩在大雨的烟雾里，不断产生幻

胡萝卜先生的胡子

景，吓得力不敢抬头。就在父子俩再没有力气推车的时候，忽然的，路边出现了一个小小的茶食店。父子俩扔下四轮车，一头钻了进去。

喝了店主人驼背爷爷倒的热茶，每人吃了一个烫手的茶蛋，身上一下子暖和起来。他们得救了。力当时盯着驼背爷爷看，认为他就是父亲常常在故事里讲的救人于危难之中的神仙。

就是从那一天起，力下定决心，长大后就要在这样的公路边开一个一模一样的茶食店。

现在，力如愿以偿。

力的茶食店是用红砖砌成的，里面放着两张床，一张自己睡，另一张是备给夜晚来住宿的客人的，比当年那位驼背爷爷的房间大，用具也高档得多。茶也有，茶蛋也有，还有饼干、碗面，成瓶的矿泉水也有。红泥的煤炉子一天到晚燃着火，一壶接一壶地烧开水。房子就建在岔路口的歪根子大榆树下，紧临马路。力还特意用一根长竹竿拴一个红布幌子，用黑字大大地写着"茶"，伸到马路的杨树下，让过往的人都看见。至于当年那位驼背爷爷开的茶食店，早已不知所终。

但生意一直是清淡的，毕竟是开在荒僻的马路边，离镇也远，离城也远。路过的人们能坚持到城里就到城里去消费了。常常地，力坐在榆树下的木桌前，寂寞地打瞌睡。生意做着做着，竟一天不如一天了。

"要不要再开下去呢？"

力一遍遍地问着自己。要是能救一个和当年自己一样落难的人，就算不开了，也甘心啊。

茶食店没有马上关门，跟力心中的这个愿望有关。

后来，力手里的资金都不够小店的周转了。

"小店要关门了。看来小时候的愿望要破灭了。"

哪一天关门呢？

力先是把伸到马路上的红布幌子取了下来，头天夜晚刮大风，竹竿的一头刮掉了，他摘了另一头，随意别在窗户的木格子里。

没想到就在那天夜晚，下起大雨来，雨大得像要把茶食店吞没似的。

"希望有一个人落难被我救到啊。"

力对雨天有一种特殊的企盼，总想在雨天圆他的梦。

半夜里，果然有咚咚咚的敲门声。开始力以为是自己的幻觉，后来敲门声越来越响，他才一跃而起，点灯开门。

一个水淋淋的老人闯进屋里来，白头发和白胡子上都在往下淌水。

"小伙子，开店睡觉，耳朵要留一只醒着哇，这鬼雨差点没把老汉我淋死。"老汉埋怨说。

力赶紧递过毛巾给老汉，帮他脱去湿衣服，拧干晾在衣架上。力一边做一边心里很满足，到底给等到了，招待了这位老人，就是明天关门另谋生路也没什么可遗憾的了。他倒了杯热腾腾的红茶，泡了碗面，里面放了一只煮得身上都是茶色花纹的茶蛋，老人吃得热火朝天。

"有蒜没有，来一瓣！"老人兴致很高，像在吃美味大餐。

"有有，是我自己在旁边的地里种的，都是独头蒜，辣得可够厉害。"力将一把干干净净的独头蒜放在桌子上。

老人很在行地剥着白里泛紫的蒜皮，光光洁洁的蒜头被他咔嚓咬去一半，他嚼着，无限快慰地说："好蒜！"

那晚，老人睡在专为客人准备的木床上，跟力拉话儿。老人一遍又一遍地夸赞力的小食店有多么好，收拾得又干净又利索。要是有一个姑娘来陪伴，那更是锦上添花了。

力说："不要说姑娘了，就是连这店也开不下去了。我想招待完你，明天就关门。"

"为什么？"老人本来是半躺着的，听力这么一说，猛地坐了起来。

力就跟他说了小店经营的情况，老人仔细听着，脸上可没有力悲观。他说："再等等，是个好地方啊，会有转机的。听我的，千万不要关门啊！"

说完，老汉说明天起早要赶路，就躺下睡了。

力呢，想着老汉的话，矛盾了一夜。

一大早，力给老汉准备了些吃的让他带着上路了。

"小店千万不要关啊！"

临走，老汉还说了这样一句话。

力嘴上答应着，心里在想，我用什么再把这个小店开下去呢？

回到小店里，力才发现，老汉的碎蓝花布袋忘在了桌子上。他抓起布袋就往外跑，老汉已经走出好远了。

"老爷爷，等一等，你的布袋！"

老汉疾走着，头也不回地扬扬手，大声说："送给你的，留下吧！"

力本来想快步追上去的，但听老汉这么一说，他停下来，是不值钱的旧布袋，用过好多年的样子。这是老汉的心意，执意送回去，反而辜负了他的一番好意。

力转回来，坐在桌前，随意翻动那个碎蓝花布袋子，是个双层的袋子，袋口用布条儿束着，猜想可能是家里老奶奶自己缝的东西吧，摸一摸，里面还有一小团东西。伸手拿出来，是一个小团纸，纸里包着一撮细烟丝。才想起老汉是抽烟斗的。再摸摸就没有别的东西了。不，还有，哈哈，是袋底的里层一个有两个指头大的漏洞，像是长期在里面掏摸东西脱线了。力的手指在漏洞里无意思地摸索着，没想指尖在里面碰到了一个圆圆的东西。

"不会是硬币吧？"

拿出来一看，果然是枚一元的硬币，亮闪闪的。哎呀，是什么时候漏进去的，老汉怕一点也不知道吧？不要再有了，人家只说是送袋子，可没说送钱啊。力在袋子外面，用手一点一点地捏着，哦，没了，只剩两层袋子皮。家里那位老奶奶呀，怕也没发现这个漏洞吧，不然随手就缝上了。力想着，手指不由自主地又伸进洞里，让他惊讶的是，他的手指又碰到了一枚硬币。掏出来一看，又是一枚亮闪闪一元硬币。

"不会吧？刚才仔细捏过的，这么薄的袋子，怎么会……"

再用手捏一捏，仍是薄薄的两层袋子皮，怎么再也不会有什么硬币了。

可是手伸进去，天哪，又有一枚一元硬币！

力是急了，拎起蓝花布袋子底朝天地往下倒，什么也没倒出来。

可是，手只要伸进漏洞里，就有硬币可以拿出来。

一会儿，桌子上堆了一堆硬币。抓起来再一枚一枚地丢，叮当作响。是梦也该醒了！

力跑到茶食店外面大口吸气，马路上有人摇着自行车铃铛骑过去。自己是清清楚楚地醒着，哪里是梦啊！

蓦然地，力想起老汉反复交代过的话：一定要把茶食店开下去呀！

"分明是那个老汉有意帮我呀！是个神仙爷爷，没错！"

不久，力的茶食店忽然有了很大的转机。

在马路对面不远的地方，建了一所小学校，茶食店里开始有一群群的孩子来买小零食和学习用品了。

茶食店一下子热闹起来。

东西也比原来多出几倍来，隔几天，力就得去城里进货，满足前面小学校里孩子们的不同需求。

力的生活忙碌起来，心情也格外开朗。

有人给力介绍了一个姑娘，他们就在茶食店里结婚过起日

胡萝卜先生的胡子

子来。

姑娘是个能干的人，有了她，力能吃上可口的饭菜了，力进城进货时，茶食店也可以开门照常营业。

力跟新媳妇很说得来，房前的菜畦也开得更大了。

但是，只有一件事，力从没向新媳妇提起，就是那个碎蓝花布袋的事。小店艰难的时候，是靠着碎蓝花布袋里的硬币坚持下来的。如今小店的生意红火，力从没再想到从袋子的漏洞里取钱，袋子呢，力把它折好，藏在竹箱子的底层。

金黄色油菜花开的春天，新媳妇生了一个女孩儿，脸儿跟七月的白莲花一样，细细软软的头发在头顶打着小小的卷儿，力不知道有多么喜欢这个孩子。茶食店的房子又多出一间来，是留给小女孩的，待她长大后，写字啊，睡觉啊，都会在那里面。

女孩渐渐长大，十分讨人喜欢，嘴巴又乖巧，惹得前面小学校里小学生有事没事总爱来茶食店逗女孩玩儿。那些在附近干活的农人，也会绕道来这儿听孩子们吵闹，喝杯茶，凉快凉快。那棵歪根子的大榆树下是凉爽的，树根儿是平时孩子们坐下来抓石子玩的地方，还有的坐在那儿吃他们买来的小零食，白白的泥地，被孩子们玩得光光滑滑。这树下也是力的女儿的乐园，那些大哥哥姐姐们走了之后，地上总残留着食物的渣屑，蚂蚁成行地爬过来衔食，女孩就蹲下来看那些蚂蚁，一看就是半天，边看边笑。

是夏日的一个黄昏吧，力从城里进了一批凉帽回来，第一眼看见女儿跑过来，一时竟愣在那里不会动了。女儿身上穿的那件肚兜儿，好眼熟啊，碎蓝花的细布，衬着女儿那盈盈的笑脸。

"千万可别是……"

力扔下凉帽就去翻那个竹箱子，整整齐齐放在箱底的那个碎蓝花布袋，没有了。力的手一时垂到箱沿上不会动了。

妻子抱着女儿进门来，笑眯眯地说："看，我从箱底找到一

个没用的布袋，碎蓝花真好看，清清凉凉的，我就拿来给女儿做了肚兜儿，女儿好喜欢噢！"

女儿正歪着头对力笑，力伸手抱过女儿来，放在腿上。

妻子忙着去收拾刚买回来的凉帽，找出两个颜色摆在小小的橱窗里。

力细细地看着那碎蓝花布肚兜儿，已被妻子洗过，干干净净的，映着女儿的笑脸。

"这是个有漏洞的袋子呀，是能掏出钱来的袋子，是帮茶食店渡过难关的袋子，不该……"力惋惜着。

"爸爸，你看！"

忽然女儿从肚兜儿里掏出一粒青色的小石子来，那小石子里像是汪着水，清亮亮的，还带着水的波纹。

"真好看！"力忍不住把石子托在手里称赞。

"哪来的？"力问。

女儿笑眯眯的，又从肚兜儿的口袋里掏出一粒石子，是一颗洁白如玉的石子。女儿伸出右手，右手里也紧捏着三颗美丽多彩的石子。

"莫非……"力疑惑地捏了捏肚兜儿的口袋，什么也没有，肚兜儿就是用碎蓝花袋子改成的，是薄薄的两层。他的手轻轻地往肚兜儿的口袋里一伸，啊，那个漏洞还在，妻子在做肚兜儿时，却没有发现这个漏洞。他的手指触碰到了凉凉的东西，拿出来一看，已不是闪闪发亮的硬币，而成了一颗豆绿色的小石子。

"大概是洗过的缘故吧，还是……"

女儿欢天喜地地捧着可爱的石子到老榆树下，学着大姐姐们的样子抓起石子来。

女儿的石子成了孩子们眼中的宝，谁也没见过这么好看的石子。那些石子给女儿带来了很多的快乐。

力却隐隐地有些疑虑，碎蓝花布袋跟他的茶食店有着生死存

亡的关系，如今它完全改变了模样，才红火的茶食店的生意会不会受到影响呢？

渐渐地，女儿也懂得了这小小肚兜儿的神奇，她一个人的时候，就坐在榆树下的桌子前掏石子玩。

毕竟孩子太小，肚兜儿反反复复地掏，有一天她的小手一用力，竟把那个漏洞掏穿了，白白胖胖的手指从洞里伸了出来。妈妈发现后，重新把那个洞结结实实地缝好。

漏洞没有了。

从碎蓝花肚兜儿里再也掏不出东西来，这让女儿大惑不解。

第二年，碎蓝花的肚兜儿已太小不能穿了，女儿长高了嘛。

力悄悄把晾干的肚兜儿折好，收进竹箱的底层，把那个压在心底的秘密也收了进去。他轻轻地说："我会好好经营茶食店的，不会关门，我会尽全力的。"

啪嗒！

竹箱子严严地合上了。

那天，力买回来一大丛嫩绿的水仙，养在白瓷钵里。女儿呢，一粒一粒，把她积攒的彩色石子放在清水里，美得像幅画。

水仙花开了，又白又香。奇的是，那花开了一回又一回，怎么都开不败。

水仙花就放在榆树下木桌子的正中央，客人们来喝茶时，都要对着它凝视许久。水仙钵里每天都换上清水，全是小女儿在做这件事，她不许别人碰的。

没有客人的时候，力会坐在桌前，看着水仙花，看着水灵灵的小石子，想从前的事，想那个风雨夜，想那个老汉，想有漏洞的碎蓝花布袋……

那时，女儿就在一边高兴地笑，哦，爸爸那么喜欢我养的水仙哟！

力的茶食店一直红红火火地开着。

水罐里的星星

● 黄美华

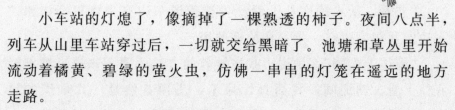

　　小车站的灯熄了，像摘掉了一棵熟透的柿子。夜间八点半，列车从山里车站穿过后，一切就交给黑暗了。池塘和草丛里开始流动着橘黄、碧绿的萤火虫，仿佛一串串的灯笼在遥远的地方走路。

　　下车的只有我一个人，准备进山采购一批木耳。批发木耳的老板应该在离站台十里外的农场里，一个我在地图上见过的地方，可现在黑暗像水一样淹没我，摸不到方向。

　　"喂！有人在吗?"我忍不住喊了一声。路灯怎么熄得这么快？木栅栏那边突然闪过一晕朦胧的光，不是灯——像是几颗星星在一个透明的瓶子里眨着眼睛。

　　真的是一个透明的小水罐，捧在一个女孩的手里，七八岁的样子，白得如同一张纸，在这秋夜里瑟缩着。

　　"先生，买浆果吗?我自己采的，五块钱。"

　　五块钱?我怀疑地瞥瞥她努力举到我胸前的一片芭蕉叶，里面是一把坚涩的青果。我摇摇头，朝外走。她赶紧跟上来，左脚还有点瘸，水罐里的星光在身后摇曳。

　　"我知道这不够，先生，我明天再给你送一些浆果来，好吗?我真的需要五块钱。"倒霉，她竟然扯住了我的裤腿。

　　我转身瞪着她（哪里来的野孩子，会不会是车站管理员家的?那孤老头简直是个聋子，任我怎么叫都挡不住他畅快地打

鼾），她怯怯地松开手，看我拔腿要走，突然急得要哭出来一样。

算了，我叹口气，掏出五角钱的硬币扔给她，问个路吧。"往西山农场怎么走？"

她摊开纤细的小手，"能给五块吗，我要五块钱才行。"

我恼火地哼了一声，懒得再理她。

"我……我可以把星星借给你当灯笼指路，只要五块钱。"她的鼻尖出了两颗汗，低头犹豫了一会，才依依不舍递过手里的水罐，里面的星星不过是几只特别亮的萤火虫。

"您看，从水罐底往上看，我爸爸说东边有一颗星会指路。"东边？我望望夜空，粥一样浓稠的黑。

"请往上看哪"，她说。我按她教的方法，蹲下来透过玻璃罐底往上看。刹那间，我简直惊呆了，头顶竟然是一片璀璨的星空，像无数的宝石缀在天鹅绒上，也像满天噙着泪珠的眼睛。东边，一颗巨大的流星划过天河，拖着银色的光晕远远落向西方。

"迷路的时候，看看这颗星落的方向，就能帮您找到要去的地方。"

怎么回事？我反复察看水罐。一从头顶挪开，又是再普通不过的玻璃瓶，几粒萤火虫悬在幽暗的空气里。

"爸爸说这个能指路的"，她悄悄捂住脸（流泪了吧）。"爸爸走的时候说，如果想他就捧起水罐，长大了就能找到他。"

"你爸爸？"

"以前他就住在这个站台边，给我摘浆果，还会追野兔子……我没见过妈妈，跟爸爸在一起也很快活，可是去年他被卖到西山那边去了——"

这怎么可能？我狠狠摇了一下脑袋，像掉进一个明知陷进去却找不到出口的梦。"你是说——被卖掉？"

"是的，被管站台的老爷爷卖了，五块钱。坐列车去很远的地方，给人看果园"，她抽抽搭搭地说，一点也没注意到我的怀

疑。"爸爸上车前给了我这个水罐。他走了以后,我总在挨饿,很冷,夜里偷偷地哭,水罐里却什么都没有。一次,没想到一粒萤火虫飞进来了,我从水罐底下突然就看到爸爸了——在星光里,我抓了一些萤火虫,发现它们变成了指路的星星,能显示爸爸的方向,就像这样,你看呀——"

她踮起有点瘸的脚,又把水罐举到我面前。

"先生,我只要五块钱,五块钱就能让爸爸回来了。"

我点点头,一半的迷糊一半的感动,忍不住掏出五块钱放在她手里。

"谢谢!太感谢了,先生",她匆忙地鞠了一躬,声音里有激动的潮湿。"明天黄昏,您回来的时候把水罐放在栅栏边上就行了,我很快就能找到爸爸了。"

她瘸着的腿伶俐地翻过栅栏,回头挥挥手,一颠一颠地消失了。

我拎过水罐,仰起脸又看了一眼,心就怦怦跳起来。那是一辈子都不可能看到的景象,灿烂的夜空,大片流星像飞瀑、像骤雨往西北流淌。我就裹在水晶般的流星雨里奔跑,天地安静极了,一路辉煌,耳畔有清风吟唱。(是不是在星空下飞翔?)

远远地,一线昏黄的灯光惊醒了我,也许,是农场到了吧。

卖木耳的老板看到我,简直惊呆了:"你是……独自走了这么远的夜路,我派去一辆小货车,没碰到吗?"

"没有。"我眨眨眼,路上很安静,没见到车灯,当然也没有车的声音。

"奇怪,那你是怎么找到这儿的?"

"这个水罐带我来的,里面有星星。"我迫不及待地教他把水罐捧过头顶。可是不管我怎么解说,他看到的就是一块玻璃、两粒萤火虫。

"还是一个玻璃瓶嘛",他不可思议地盯着我,随手往桌上一

摞。糟糕！没等我发出惊叫，水罐摇晃着滚到地上——砰！

水晶般的夜空碎了。

屋里静得吓人，只有我粗重的喘息。"那个女孩，那个女孩怎么办，她还等着用水罐找爸爸呢！"

"什么女孩？"卖木耳的老板更糊涂了。等我把事情粗略地讲了一遍，他才结结巴巴地说，"这……这不可能，那个小站就住着一个老头，以前还有一条大黑狗，可是去年狗也被卖了……哦，还有一条小花狗，腿有点瘸，没卖掉，我坐车时总看它在站台边饿得喔喔叫……"

"你是说一只小狗，腿有点瘸？"我问。

"……"他张开的嘴像黑洞洞的夜。

我抬头看看夜空，一颗流星划向黑黢黢的山那边，是她找爸爸的方向吗？

作家简介

黄美华，二十世纪七十年代出生，写过诗、散文、童话等，出版过图画书，作品曾获冰心儿童文学新作奖。文字灵动、美丽，恰如生活中的她。

把名字写在月亮上

● 黄美华

　　小狗多多从来不知道天空的颜色，他出世以后就看不见这个世界。

　　他仍然像别的宝宝一样快乐，因为妈妈走到哪里都会牵着他的手。

　　妈妈手掌外的世界是什么样子呢？多多有时很好奇。

　　多多午睡时妈妈去洗衣服，回来发现多多的小床空了。

　　多多！多多！你在哪儿？风把妈妈焦急的呼唤刮得像一片片凋零的树叶。

　　多多也在找回家的路，他闯进了山后的森林，越绕越远。森林好大呵，眼睛再好也找不到方向，何况多多根本不知道什么是方向。

　　天黑了，月亮出来了。多多吓得想哭。

　　"你是多多吗？西边的小木屋就是你的家。"一棵沉睡了100年的老树突然打个哈欠，醒了。

　　"呜呜……什么是西边呢？"

　　树爷爷叹口气，从身上抓了一只蚂蚁放在多多的耳朵上。"回家吧，蚂蚁会给你指路。"

　　"小狗乖乖，往这边拐……往前走哟……"蚂蚁骑在多多的耳朵上唱歌。

　　前面横着一条小河，不会游泳的蚂蚁只能跟多多说再见。

胡萝卜先生的胡子

"你是西边小木屋的多多吗？"河边一块粗糙的岩石猛地眨开一只眼睛，哇，是大鳄鱼呀！

"你能送我过河吗？"多多激动地问（他可看不见鳄鱼的牙齿）。

"好吧。"鳄鱼不情愿地说，"这次免费，下回记得要买船票。"多多坐在鳄鱼背上，真像一条自己会开的船。

"再往前走就是你的家，"鳄鱼说，"不过还有一片荆棘挡路，我可再帮不了你了。"

多多刚走一会就被荆棘扎了一下，好疼！

"哎，是西边小木屋里的多多吗？你妈妈在找你呢。"三只小鼹鼠从地底下探出头。

"怎么都知道我是多多呢？"多多挠挠脑袋，"能帮我摘掉这些讨厌的刺吗？"

"为什么要摘刺呢？"鼹鼠们说，他们很快从荆棘底下挖了一条隧道，让多多踏上回家的路。

"妈妈！"多多又牵了那双温暖的手，"我再也不离开你的手了。"

"哦，你也没有离开妈妈的手哟。"妈妈抱着多多，把他送入梦乡。

梦里的多多看不到天上的月亮，其实是妈妈把他的名字写在了月亮上，看到月亮就知道西边小木屋的多多。妈妈的手就在月亮照到的任何一个地方，从来没有离开多多的世界……

一封寄不到的信

● 黄美华

小院墙角边，站着一棵树和一株蒲公英。秋风像一双顽皮的手，拈起蒲公英白色的小伞抛向空中飞舞。梧桐树梢的一片叶子——好像叫3506，和其他上万片叶子一样，他们用数字代表自己——很不快乐，因为和所有叶子一样，看不到墙角以外的世界。

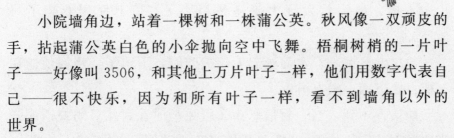

终于一阵风抓住了他和别的叶子，他快乐地和树枝握握手，溜向空中。"快回来"，跌在地上的3509对它说，"我们其实用不着跑那么远。"

他在风中爬得更高，加入了小白伞的行列。一起飞过小院，飞过草地和成群的芦苇。

"秋天真好，我们都能飞，棒极了！"他兴奋地对小白伞说。

"这可不一样"，一顶小白伞同情地说："我们是种子，飞起来是要找一个地方重新生长开花，叶子离开枝头是没有意义的。"

另一顶小白伞毫不客气地说："你也不是飞，是凋零。"

3506觉得全身有点冷，和小白伞一起降落在池塘边。池塘里也凋零着几片叶子，卷曲着脸让波纹推来推去。"我跟他们不一样，我是能够飞翔的。"3506想，他邀请小白伞："出发吧，你们会看到，叶子飞起来总会有意义。"

"我们不走了"，小白伞说，"这里温暖湿润，是一个不错的家，可惜，对你是用不着了。"

3506 决定等候秋风继续赶路。池塘里一只往南迁徙的大雁发现了他。

"这倒是一张不错的信纸"，大雁问："你能往北方飞吗？给我的邻居浣熊捎个信，告诉他等春天来了我会给他带回一些南方的花种子，可以种在河滩上。"

"我当然乐意往北飞"，他望望那些吃惊的小白伞说："我说过叶子飞起来肯定会有意义。"

大雁在他背面写出了一封信，小心地把他送到风里。飞到一片小水湾，他突然发现大雁还是粗心了，信上面居然忘了写地址。

他决定往回赶，水面画起无数的圆圈，下雨了，还好他遮在一棵古藤下面，没有淋湿。

如果寄不到，当一封信有什么用呢？他看到几只蚂蚁慌慌张张地避雨，忍不住问："要我帮忙吗？"当把雨伞也不错，他想。

"哦，谢谢"，蚂蚁抬着一茎草说，"你面积太大了，我们举不动。"

他有点失望，我不够轻巧，不如继续做一封信。

不久，雨停了。他随风来到一大片松树林，这里的叶子不会落，但是非常纤细。他碰到捡松果的栗色鼹鼠，想问问北方河滩的浣熊，却被捡进篮子里，"也许可以给我的宝宝做床被子。"

夜里他高高兴兴地盖在摇篮上，天亮的时间鼹鼠宝宝却打起了喷嚏。"哎呀，这叶子太单薄了"，鼹鼠把他丢出洞外。3506想，可惜，我不够温暖，当然我可以做一封信。

有一天他飘到灌木丛里，让讲故事的大兔子捡起来夹到图画书里，当成了书签。"今天就讲到这里吧"，大兔子对小兔子说，"明天我们再讲青蛙王子。"

他对书里那只沉默的戴着王冠的漂亮青蛙说，"如果能找到北方的浣熊就好了，当然做张书签也有意义。"

第二天，小兔子急着翻图画书，不小心让他滑到地上。"哎"，他正想大叫，小兔子也发现书签不见了，随手摘了一片红红的枫叶夹进书里说，"这张书签更漂亮。"

他有点丧气了，可惜，我也不够漂亮，还是继续做一封信吧。

然后他继续在风中跋涉，当然有时也顶着雨，顶着霜，顶着沙尘。他像一封很旧的信了，就是找不到北方的浣熊与河滩。最后他盘旋着来到一个小院的墙角边，又看到那棵熟悉的梧桐树，还有树下那些快变成新泥的叶子。

"你回来了"，他依稀听见3509说，"我说过的，不用辛苦飞那么远，你看结果我们还不是一样变成泥土？"

"不一样，我是一封飞过的信……"他说。他觉得疲倦了，在沉睡前把信的内容交给了大地。大地经过一个冬天的冥思苦想，在春天把这封信翻译成一树新鲜的歌唱的绿叶。

斑马生活在城市

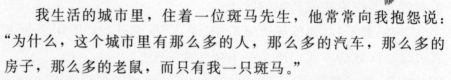

● 王一梅

　　我生活的城市里，住着一位斑马先生，他常常向我抱怨说："为什么，这个城市里有那么多的人，那么多的汽车，那么多的房子，那么多的老鼠，而只有我一只斑马。"

　　我不知道怎样安慰斑马，确实，整个城市都被人类占据着，只住着一只斑马。

　　他浑身黑白的条纹，站在城市的任何一个角落，人们都会很容易就发现他的。

　　他依靠粉刷维持生活。

　　冬天的时候，斑马先生给树干刷白色的石灰。斑马先生刷了整整一夜，一直到天亮，他把整个城市里的树都刷成了黑白条纹的树。

　　人们看见这些变成黑白条纹的树，惊奇地说："啊，一定是斑马先生刷的。真好。"

　　于是，当斑马先生给汽车油漆的时候，把汽车也都漆成了黑白条纹的汽车。

　　人们看见斑马先生油漆过的汽车，高兴地说："啊，一定是斑马先生油漆的，真有趣啊。"

　　斑马先生开始粉刷这个城市的每一幢房子。他把房子也粉刷成黑白条纹的房子。

　　人们住在斑马先生粉刷过的房子里，不高兴地说："事情开

始变得糟糕了，这个城市要变成斑马的城市了。"

斑马自己也不高兴起来，他发现，整个城市都是黑白条纹的，他站在城市的任何一个角落，人们都很难找到他，大家说："那只斑马到哪里去了，他把我们的城市弄得乱七八糟，自己躲到哪里去了。"

斑马伤心起来，他用很多天把所有的房子、车子和树都刷成了原来的颜色。

人们在恢复了原样的城市里平静地生活着。但是，我开始想念起那只斑马，想起他黑白条纹的身影出现在城市的任何一个角落。

有一天，我看见马路上出现了一道道黑白的线。"啊，这是斑马画的线，是斑马线，那只斑马，他一定还在我们城市的某一个角落。"

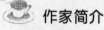 **作家简介**

王一梅，江苏太仓人，中国作家协会会员，现就职于苏州大学社会学院。从1994年开始童话创作，已出版图书60余种，是中国抒情童话的代表作家，主要作品有长篇童话《鼹鼠的月亮河》、《木偶的森林》等，系列童话《米粒与挂历猫》、《糊涂猪》等，童话集《蔷薇别墅的老鼠》、《大头鱼在雨天和晴天》等，另有图画书《书本里的蚂蚁》、《兔子的胡萝卜》等。获第十届精神文明建设"五个一工程"入选作品奖，中国作家协会第五届、第六届全国优秀儿童文学奖，第五届国家图书奖，冰心儿童图书奖和陈伯吹儿童文学奖等奖项。作品入选人教版、冀教版等小学语文课本，多部作品入选新闻出版总署向全国少年儿童推荐的百种图书，国家"三个一百"图书，多部作品在英国、瑞士等国家翻译出版。

晚出世的妈妈

● 王一梅

从早晨起，会唱会跳的小布娃突然撅起嘴，托着下巴一声不吭了。

"你生病了吗？小布娃。"小狗过来摸摸它的额头。

"没有，没有。"小布娃心烦地转过身，把背对准了小狗。

"那，那就是你的裙子弄脏了？"小狗跟过去，凑到了小布娃的鼻子跟前说。

"没有，没有。"小布娃干脆趴在桌上，把脑门儿对准了小狗。

"小布娃，你怎么啦？"屋子里的玩具都过来安慰它。小布娃是它们中间最快乐的公主呀。

"小狗有妈妈，我，我为什么没有妈妈？"小布娃说完哇哇大哭起来，"我，我一定是从垃圾堆上捡来的，呜——呜——"

"那，那我也没有妈妈，呜——呜——"玩具熊说着也哭了。

"我，我也是从垃圾堆上捡来的，呜——呜——"玩具汽车也跟着哭。

屋子里的玩具都哭了。哭得小狗头都要炸了。"汪、汪、汪——别，别哭了，垃圾堆上哪有这么多漂亮玩具呀！"小狗这么一叫，所有的哭声都停了。

"那，那我们是从哪儿来的呀？"玩具们问小狗。

"我也不知道。我只知道，你们是从商店买来的。"

"那，那我们就去问商店的售货员。"玩具们排好了队跟在小狗后面去了商店。

"我，我也不知道。我只知道，你们是从玩具厂运来的。"商店的售货员说。

"那，那就去玩具厂。"小狗下了命令。

玩具厂的门口一下子挤了这么多的玩具，在传达室门口叫着要妈妈。玩具厂的一位叔叔出来问："什么事，孩子们？"

"我们来找妈妈。"

"妈妈？"叔叔摇摇头，"我们只生产玩具娃娃，没生产过玩具妈妈呀。"

"我要妈妈——"小布娃哭着叫。"我也要妈妈！""我也要妈妈！"玩具汽车和玩具熊也叫。

"哎，瞧我们多粗心，忘了给你们设计妈妈了。别哭了，叔叔给你们想办法。"

叔叔拿来一个照相机："来，拍个照，然后留下你们的住址。等妈妈生产出来了，叔叔给你们送去。"

玩具们都排了队，拍了照。

"我要妈妈跟我穿一样颜色的衣服。"小布娃说。

"我要妈妈跟我长得一样胖。"玩具熊也说。

"我要妈妈有很大很大的车厢，让所有的玩具都能乘坐。"玩具汽车说。

玩具们说完就回家等妈妈了。

等呀，等呀，妈妈什么时候来呀？妈妈会不会不认识家呀？有一天，门口来了一位穿绿衣服的邮递员叔叔。小狗问："叔叔，您邮包里有什么好东西呀？"邮递员叔叔指着邮包说："玩具妈妈三个，请那位玩具娃娃签字领走？""我！""我！""我！"玩具娃娃们全挤了上来。叔叔打开邮包。"妈妈——"小布娃一眼认出了跟它穿一样裙子的妈妈。玩具熊也抱住了和它一样胖的妈妈。

玩具汽车看着宽敞漂亮的玩具汽车妈妈，高兴得直乐。妈妈们也很高兴："哈哈，我们的娃娃多像我们呀！"

"还有一封信。"邮递员叔叔说。小狗打开信，是玩具厂的叔叔写的：孩子们，谢谢你们给叔叔出了好主意。今后，叔叔要为你们生产玩具爸爸、玩具哥哥、玩具姐姐、玩具弟弟、玩具妹妹，让你们成为快乐的玩具一家。

"噢，太好啦！我们去谢谢玩具厂的叔叔。"大家坐上了玩具汽车妈妈的车。"嘀嘀嘀——"出发了。小狗呢？当然是当驾驶员啦。

玩具汽车看着宽敞漂亮的玩具汽车妈妈，高兴得直乐。妈妈们也很高兴："哈哈，我们的娃娃多像我们呀！"

"还有一封信。"邮递员叔叔说。小狗打开信，是玩具厂的叔叔写的：孩子们，谢谢你们给叔叔出了好主意。今后，叔叔要为你们生产玩具爸爸、玩具哥哥、玩具姐姐、玩具弟弟、玩具妹妹，让你们成为快乐的玩具一家。

"噢，太好啦！我们去谢谢玩具厂的叔叔。"大家坐上了玩具汽车妈妈的车。"嘀嘀嘀——"出发了。小狗呢？当然是当驾驶员啦。

46

胡萝卜先生的胡子

● 王一梅

　　胡萝卜先生常常为胡子发愁。可他偏偏有着浓密的胡子，必须每天刮胡子。

　　有一天，胡萝卜先生匆匆忙忙刮了胡子，一边吃着果酱面包一边就上街去了。因为他是个近视眼，就没有发现漏刮了一根胡子。这根胡子长在下巴的右边，胡萝卜先生吃果酱面包的时候，胡子蘸到了甜甜的果酱，对一根胡子来说，果酱是多么好的营养啊！

　　于是胡萝卜先生一步一步走的时候，这根胡子就在一点一点地变长，只要回头看看胡萝卜先生走了多长的路，就可以知道胡萝卜先生的这根胡子已经长了多长了。

　　胡萝卜先生还在继续走，因为长胡子被风吹到了身体后面，胡萝卜先生是完全不知道的。

　　在很远的街口，有一个正在放风筝的男孩，风筝的线实在太短了，他的风筝才飞过屋顶。

　　胡萝卜先生的胡子刚好在风里飘动着。

　　"这绳子真是够长的，就是不知道够不够牢固。"小男孩说完就扯了扯胡子，胡萝卜先生马上觉得有人在后面拉他。

　　男孩已经确定绳子是牢固的，就剪了一段用来放风筝。

　　胡萝卜先生就继续往前走。当他走过鸟太太的树底下时，鸟太太正在找绳子晾小鸟的尿布。

　　胡萝卜先生的胡子刚好在风里飘动着。

于是，鸟太太剪了长长的一段胡子，系在两根树枝的中间，"这下好了，我总算找到一根够长的绳子了。"

胡萝卜先生就这样一直走，他的胡子一直长，当胡萝卜先生走进一家眼镜店的时候，他的胡子已经不再发疯一样地长了。由于一路上派了许多用处，胡子已经不是那么长了，就挂在他的肩膀上，胡萝卜先生开始掏钱为他的近视眼买眼镜。

眼镜店的白菜小姐是个非常机灵的女孩，她一边给胡萝卜先生戴上眼镜，一边说："如果你怕不小心把眼镜摔了，那么就在眼镜框上系一根绳子，然后挂在脖子里。"白菜小姐说这些话的时候，用那根胡子系住了眼镜。

当胡萝卜先生的眼镜不小心从鼻子上滑落下来的时候，他的胡子系住了眼镜。胡萝卜先生说："我的胡子真是太棒了。"

是的，胡萝卜先生的胡子确实是太棒了，大家都这么说。

女巫和十二海盗

● 萧　袤

一

也许是我太爱看关于魔法、女巫之类的卡通书，也许是常常不自觉地发愿："要是变成女巫该多好!"，也许没有人会相信吧，有一天我真的变成了女巫。

你没有当过女巫，当然不知道当一名女巫，其实跟普通人一样，有快乐也有烦恼。你来去自由，可以借助外物飞起来。比方说，一片树叶、一根羽毛、一阵风、一朵云或者是鸟的翅膀。你随心所欲，可以念动咒语，把一块石头变成金子，把一只壁虎变成茶杯，把一只拖鞋变成宠物。不想见人的时候，你可以隐身，暂时给自己一个不为人知的温暖角落。作业太多的时候，你可以指挥你的铅笔、钢笔、圆珠笔，一起在作业本上"跳舞"，不管有多少作业，都能"批发"完成，而且永远整洁、正确、无懈可击。

可是你想过没有，当你飞起来的时候，你的身体变得很轻，你很可能被一滴冒冒失失的雨点击伤大脑，或者被一粒横空出世的鸟屎穿透胸膛，危险无处不在；再说背诵咒语并不比背诵古文容易呀！甚至可以这么说，背熟一条咒语，抵得上背熟一百条公式定理、一百首唐诗宋词，难度可想而知。当你隐身的时候，别人看不到你，同样的，你却能看到别人不能的看到的东西。你知道黑暗之中有多少别人看不到的古怪东西吗？各种精灵、恶魔、

鬼魂随时在暗处蠢蠢欲动，让人不寒而栗。你可以痛快地指挥铅笔、钢笔、圆珠笔为你服务，但是活儿干完之后，它们会向你索取报酬。它们索要的报酬就是在你的脸上痛快地画满皱纹。你很快就会"老"得像一个真正的女巫了，对于一个十岁的小女孩来说，这是一件残酷的事情。

麻烦还不在这里。那天，当我情不自禁地举手向老师要求回答问题时，坐在最后一排的我，一下子把手伸得太长，直接伸到黑板上去了。一只手很正常，另一只手却奇长无比，像自来水厂的排水管似的，这样的画面很滑稽。我们的数学老师被吓坏了，以百米冲刺的速度转身向教室外面跑去，以遭遇外星人的惊恐音量大声地喊叫："妈呀，教室闹鬼啦！"

后来的一段时间，我每天小心翼翼，谦虚谨慎，设法不让魔法外露。对于一个拥有魔法的女巫，这样做非常难。我可以尽量控制自己不使用魔法，但是我的某些生理现象，却无法控制别人的惊讶——

我的指甲开始疯长，像韭菜一样割了一茬又一茬。我的大部分课余时间都用在修剪指甲上。我的文具盒里装了一盒子报废的指甲钳。没办法呀，一个小时不修理，长得就像慈禧太后的指甲一样长。瞧，我只好戴上了一副蓝手套。

我的鼻子开始变尖，像小丑的帽子似的，越来越尖；而且像老鹰的嘴巴似的，又硬又弯。我没法制止鼻子的天然生长，尽管它长得没有指甲那么快，但是我不能像修剪指甲一样修理自己的鼻子呀！

我的头发开始变红，尽管现在社会上什么色彩的头发都有，不必大惊小怪，但是对于一个快毕业的小学生来说，红得像火一样的头发总是让人觉得刺眼。

我甚至无法跟父母一起生活，因为我晚上睡觉时磨牙的声音太刺耳了，像食人族咀嚼滴血的活人头骨一样，吵得一家人无法入睡。

以上种种才是我的烦恼所在：我再也不能像正常人一样生活了，我不得不离开我的学校，我的家人，我的朋友，进入到另外一个世界里。

二

他们是怎样走到一起的，没有人知道。他们跟黑暗世界里所有的团体一样，既互相依赖又互相争斗。他们像一个小型的生物链，猫一直在追老鼠，老鼠一直在追矮人，矮人一直在追猫。猫追老鼠，天经地义；老鼠追矮人，是因为矮人们最怕老鼠钻进他们的裤裆里；矮人追猫，就像小孩子逗猫一样有趣，你扯起猫的耳朵，我揪住猫的尾巴，他拧断猫的胡须。

十个小矮人加上老鼠和猫，总数十二个，这就是鼎鼎有名的"十二海盗"。

他们是真正的海盗。奇怪的是，他们从不掠夺别人的金银财宝。他们在结盟之初就发誓："十二海盗以掠夺他人的快乐为唯一原则。"

是的，他们只掠夺别人的快乐。道理很简单，因为他们从来就不快乐。他们发誓要把别人的快乐据为己有。他们横行"海"上，无恶不作。

请注意，这里的"海"并不仅仅指蔚蓝色的大海，同时也指人海、车海、花海，总之一切有生命的地方，都可以称之为"海"。

在真正的大海上，他们掀起飓风，移动暗礁，指挥鲨鱼，制造了无数起海难事故。他们最喜欢的地方之一就是百幕大魔鬼三角。直到目前为止，没有人知道百幕大三角的无数沉船事故，均是出自他们的手笔。

他们喜欢把乘着一叶苇舟在天上地下行走，叫做"飘流"。

当他们在人间飘流时，普通人是没办法看见他们的。

那用仙湖的芦苇扎成的小船，可以随心所欲地供他们驱使。

在车水马龙的高速公路上，苇舟在天上划过，跑得比任何一辆车都快。这就是他们所认为的车海。他们是车海上的强盗，专门制造翻车事故。

"那些自以为是的人，开着车到处兜风，他们真是太快乐了，快乐得让人忌妒！"红胡子海盗说。

"我们要把他们的快乐抢过来！狠狠地抢过来！"独眼龙海盗说，他的一只眼睛因为散发奇臭，睡觉时不小心被老鹰琢吃了。

老鼠从空中跳下来，钻进一辆车，咬断线路，让刹车失灵。

猫从空中跳下来，隐身在后视镜上，强烈地发射闪电，是他自己发明的猫闪电，这种闪电能扰乱人的思绪，让人麻痹大意。

看到车翻人亡的悲惨场面，十二海盗哈哈大笑，赶往另一个地方。

在人海之上，他们一齐用狗尾巴草捅鼻孔，"阿嚏，阿嚏！！！……"十二海盗打起了喷嚏。他们打得好痛快呀！喷嚏声响彻云霄，只是普通人一点儿也听不见。从他们的鼻孔中喷出了无数的病毒。

他们还污染空气和水源；挑动人们的贪婪之心，让无知的人砍伐树木，毁弃耕地，破坏草皮，让快乐从人们的脸上消失。

这就是十二海盗。

三

我已厌倦了做女巫！我做梦都想回到从前，我时刻怀念着过去的时光。我想念我的家人，我的同学，我的朋友。但我不知道怎样"回去"，怎样让魔法消失，让指甲不再疯长，鼻子不再变尖，头发恢复黑亮。

没有一条咒语对此有效。

就在这时，我遇见了十二海盗。

巧的是，十二海盗的临时头目红胡子说："不做女巫，做一

个普通的小女孩？真奇怪！不过，这件事对我们来说，小菜一碟！我们能让你回到从前。"

"真的吗？你说的是真的吗？"我兴奋极了。

"当然是真的，十二海盗从来不说假话。"独眼龙海盗说。

"那么好，开出你们的条件！"我知道海盗们从来不做赔本买卖。

"很简单，让我们获得快乐。"猫海盗和老鼠海盗没精打采地说。

"获得快乐？……"我喃喃着。

"这么多年，我们用各种手段，夺走了别人无数的快乐，我们不停地制造恶作剧，得到的仅仅是一种疯狂，没有一次让我们感到真正的快乐。现在我们才知道，快乐是无法抢来的。但是，我们刹不住车，我们还得干下去。也许你能让我们获得快乐，因为你是女巫，女巫总有一些特别的办法……"

"好吧，三天后的黎明，天上人间岛见！"我伸手抓住一片羽毛，向我的"老巢"飞去。我得好好想一想，动动脑子，必要的话还得翻翻魔法书。

我的老巢在一个山洞里。里面什么也没有，陪伴我的只有一本书。当然是一本魔法书。作为女巫，有一本魔法书也就够了。因为我什么东西都会变出来，吃的、用的、穿的、玩的。我翻遍了魔法书，就是没有找到让海盗快乐的魔法。

怎么办？三天时间一晃而过。我可不能失信于人，拿起一把遮阳伞，我硬着头皮向"天上人间岛"飞去。天上人间岛处于天界与地界交界的地方，在人间的地图册上无法找到。奇妙的是，这座神秘的小岛，一半是天堂一半是人间。

十二海盗早就到了，坐在沙滩上仰望天空。

从他们渴望的眼神里，我忽然找到了灵感。我迅速地念起咒语："桌子、椅子、凳子……瓷盘、海碗、汤勺……"从天上掉下来一张圆桌、十把椅子、两只凳子、一个方瓷盘、十二只大海

碗、十二把汤勺。

"哈哈，请我们吃饭吗？"红胡子海盗问。

"有创意，从来没有人请我们的客。"独眼龙海盗说。

"请客不用送礼，太妙了。"猫海盗和老鼠海盗说。

我继续念动咒语："藕粉、蛋糕、糖醋鱼……"从天上降下来泡好的雨点似的藕粉、三角形的蛋糕和喷香黄亮的糖醋鱼。

天上人间岛果然非同一般，这种"天上掉馅饼"的美事，即使是女巫，在别的地方也不是轻易就能办到的。

幸亏带着遮阳伞，不然的话，漫天降下的美味食品不把我的头砸昏才怪呢！

猫海盗几口吃完了糖醋鱼，拿着宝剑似的鱼骨："味道不错，再来一条。"

老鼠海盗仔细地研究三角形蛋糕，不知该从哪一个角吃起。他想：不管他从哪个角吃起，味道肯定一级棒！

小矮人们个个吃得肚子圆，吃了一碗又一碗，好好吃的新鲜藕粉噢！

他们感到了前所未有的快乐。

（四）

我恢复了从前的样子，不再是一名女巫。

海盗们说话算话，用苇舟把我送了回来。

横行几百年之久的"十二海盗"自动解散。

十个小矮人在马戏团当了木偶，他们惟妙惟肖的表演，赢得了观众们的喜爱，他们自己也获得了无穷的快乐。

猫成了快乐的野猫，在城市的屋脊上悄无声地穿行，自由自在。

快乐的老鼠找到了新娘。这不，我刚收到他邮票一样大的漂亮的结婚请柬呢！

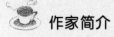 **作家简介**

　　萧袤，湖北黄梅人，中国作家协会会员，湖北省作家协会少儿工作委员会副主任，武汉市作家协会签约作家，已出版少儿文学作品50余种，主要有：《萧袤童话》、《驿马》、《西西》等，曾获宋庆龄儿童文学奖、陈伯吹儿童文学奖、冰心儿童文学新作奖大奖、中国出版政府奖图书奖、丰子恺儿童图画书奖、新闻出版总署"三个一百"优秀作品等奖项。多部作品版权输出海外。其作品因"百无禁忌的丰沛想象力和透着智慧的男性幽默感"，深受读者喜爱。

胡萝卜先生的胡子

田螺姑娘

● 萧 袤

我家的保姆小顷姐姐貌若天仙，心灵手巧，最好玩的是，她睡在田螺壳儿里！

是真正的田螺壳儿，深青的，像爸爸的拇指甲盖儿那么大，壳体有着完美的弧度，大弧搭在小弧上，共有十三重弧！

凑近了看，你还能看到一扇门：上圆下方，布满了一道道指纹似的图案。

我老是不明白：在我家忙了一整天，把一切都收拾妥当了，爸爸妈妈进了卧室，我也舒舒服服地钻进被窝，在我的脸颊上印了一个蝴蝶吻，对我说过晚安的小顷姐姐，晚上睡在哪里呢？

"呶，我就睡在田螺壳儿里！"脸儿红扑扑的小顷姐姐擦了擦额头亮晶晶的汗，用力地搓洗着一大盆脏衣服，"孟小丽，你一个人到那边搭积木玩好不好？等我把衣服洗完，就陪你做游戏……"

我才不要做游戏呢！小顷姐姐说的话引起了我极大的好奇，正好我是一个"打破砂锅问（纹）到底的人"：

"田螺壳儿？在哪里？我要看！快给我看！……"

小顷姐姐被我吵得没办法，只好站起身，甩了甩手上的泡沫，又擦了一把汗：

"我的小祖宗，算我说错了行不行？等会儿我还要拖地、买菜、做饭……"

"不行，我要看田螺壳儿，现在就要看！"我吵起来连爸爸妈

妈也招架不住，何况小顷姐姐呢，小顷姐姐一向对我好，像菩萨一样有求必应。

"好吧，秘密全泄露了。"小顷姐姐叹了一口气，指着墙角边的那盆滴水观音，"就在那个花盆里，你自己去看吧。"

我跑过去，果然一下子找到了田螺壳儿，上面有一层薄薄的淡绿色青苔，拿在手里滑溜溜的——因为早晨给花叶浇过水，水滴到田螺壳儿上了。

我太兴奋了，跳起来嚷道："小顷姐姐，你现在就住进去给我看！"

"姐姐骗你呢！嘻嘻，小傻瓜儿！"小顷姐姐又站起来，直了直变僵的腰身，在我的头顶上敲了一个轻轻的栗子——我能看出小顷姐姐的轻松是装出来的，"那是一个美丽的民间传说，从前啊，有一个男人讨不到老婆……"

"我不要听，我不要听"，我的头摇得拨浪鼓，再说了，《田螺姑娘》我早就听妈妈说过了，我还看过那本图画书呢，那是一个老掉牙的故事，我一点也不喜欢它，我喜欢的是生活中的田螺姑娘，"我要你住进田螺壳儿里！现在就住进去！"

就像一个魔术，直到现在，小顷姐姐是怎么一扭身钻进田螺壳儿里去的，我一点也不晓得。我还以为小顷姐姐在跟我玩捉迷藏游戏呢，以前吧，每次玩捉迷藏游戏，小顷姐姐总是被我找到，一找就找到了。这一次，不管我怎么找，小顷姐姐就是不出来，我不知道她躲到哪里去了。

"丁零零……"电话响了，我跑过去拿起听筒，里面传出一个熟悉的声音，没错，是小顷姐姐，"小丽，别找了，我在田螺壳里。等会儿告诉你妈妈，就说小顷姐姐请了半天假，今天的活儿干不完了，扣我的工资吧。"

"不，你骗我！你那么大，田螺壳儿那么小，你住不进去的……"田螺壳儿还在我的手上拿着呢，我不可能把高我两倍、重我三倍

的小顷姐姐握在手掌心里呀，"嗯，再说了，田螺壳儿里怎么会有电话？你一定是躲到什么地方去了，是敏阿姨家吗？是毛脸叔叔家吗？还是我的同学小胖家？快告诉我，我去找你！"

"小丽，别出去，你找不到我的，我真的住在田螺壳儿里。"小顷姐姐的声音清晰地传进我的耳朵，"等你变乖了一点，我会带你进来看看，现在的田螺壳儿再也不是从前的田螺壳儿了，现在的田螺壳儿里什么都有，电脑、冰箱、空调、背投电视、GPS全球定位系统……一部土拉巴叽的电话算什么呀！不过，说起我这部电话呀，它可是古色古香的老式手摇电话，是通过我们的接线员并入人类的通讯系统的，谁也查不到我们的电话号码，因此，我们不用交电话费，咱们来煲电话粥吧，如果你愿意的话……"

我晃了晃手中的田螺壳儿，什么声音也没有，"大门"关上了，一丝丝缝隙也找不到，我想象着田螺壳儿里的奇异世界。

"小丽，你怎么不说话？你在听吗？"

小顷姐姐的声音透出了一点点着急，是我感觉最亲切的那种着急。

我在听，也在思考。

"……实话跟你说吧，我是田螺姑娘第八十七代孙女，有趣的是，田螺姑娘的后代都是女孩，没有一个男生，我们不断地跟人类融合，融合的意思就是：田螺姑娘总是嫁给了人类，所以我们的身上流淌着一半仙女的血脉，一半人类的血脉。我们是混血儿。你现在明白我为什么那么漂亮了吧？我没臭美！在到你家当保姆之前，我还拿过92届环球小姐的第56名呢。"

"你吹牛！"我大声地说，"既然你的田螺壳儿那么好，你还当过环球小姐，那……那为什么到我家当保姆？"

"这你就不明白了，我来告诉你吧"，小顷姐姐笑了一下，我仿佛看到了她漂亮的酒窝，"拥有仙术的田螺姑娘的后代，一点也不用为生计发愁——你能想象一下吗？一个轻挥衣袖就能变出

满桌美味佳肴，抖开包袱立即变出无数金银财宝的时尚仙子，难道还会吃了上顿愁下顿吗？我们甚至不用找工作。工作对我们来说，是乐趣，是创造，是体验，或者仅仅是一种义务，这是田螺姑娘祖祖辈辈流传下来的规矩。我们必须完成三年的保姆服务期，你是不是觉得当保姆很低贱？噢对不起，你不知道低贱是什么意思。换一种说法吧，你爸爸妈妈希望你长大了考一个好大学，找一份好工作，这份好工作当然不包括保姆这个职业，你是不是看不起当保姆的？也许你没有看不起我，我从你善良的眼神里已经看到了这一点。但是，你是不是承认，除了你以外，许多人确实打心眼里瞧不起保姆，觉得那份工作低人一等，又脏又累，挣的钱太少，还经常受气。但是，田螺姑娘必须当保姆，至少当三年！吃不了这个苦，扛不过这个累，受不了这个气，是要受到惩罚的，那是最严厉的一种惩罚，说出来简直不敢想象——她将永远失去仙术。对我来说，当保姆并不是一种受罪的活，我很享受这份工作。你看到我辛苦工作中的快乐了吗？你理解我一边烹制美味的食品一边哼着你听不懂歌词的仙曲了吗？再多的脏衣服我都愿意洗，因为我希望把你们一家打扮得漂漂亮亮的、清清爽爽的。我对你的照顾不需要你任何感激与回报，我愿意让你过得开开心心。我知道，在我之前，你家已换过十六任保姆了，你的怪脾气加上你爸爸的财大气粗、你妈妈的小心眼，一般的保姆干不了三个星期就会走人，我不一样，我有办法摆平这一切，我试着改变这一切，就像试着改变我们越来越糟的生存环境一样，我从你们一家无意中流露出来的暗示里，已经体验到越来越实在的成就感了。你爸爸从不在我的面前提钱字，你妈妈的脸上开始有了舒心的微笑，最让我觉得欣慰的是，亲爱的小丽，你在一天天地长大，作为独生女你的许多致命缺陷已消失不见了，除了有时候不太乖以外，你像天使一样聪明、热情、正直、善良、友爱，我们生活在一起，就像一家人……你现在明白我为什么要

当保姆了吗?"

我发誓,我从来没有这样认真地倾听过任何人的长篇大论,就像倾听小顷姐姐说话时那样安静,安静得好似一头趴在妈妈身边的小鹿。

握着听筒的手微微有点发麻,另一只手上的田螺壳儿在我的掌心慢慢地爬。我想起了许多事,小顷姐姐做的菜总是最好吃,小顷姐姐洗的衣总是那么香,小顷姐姐的蝴蝶吻,轻得像一个梦,让我在最短的时间内甜甜入睡。小顷姐姐的力气那么大,把不用的旧家具搬到楼底下的储藏室去,刻薄的老妈竟然没请搬运工!前一段时间,外婆身体不好躺在床上拉屎拉尿,小顷姐姐被借用到外婆家,照顾外婆比外婆亲生的女儿照顾得还要周到!

"姐姐……"我小声地说,嗓音有点哽咽,"你出来吧,我相信你了,你就是田螺姑娘的第八十七代孙女!不过,我还有一个问题……"

"问吧,不要紧,我什么都告诉你。"小顷姐姐说,"尽管说,我的身世如果遭到泄密,同样会受到严厉的惩罚,但我相信你会为我保密的。这是我们两人之间的秘密哦!所谓友情,就是两个人共有一个秘密,你觉得呢?"

"嗯!"我使劲地点头,好像小顷姐姐看得见我似的,"你……你要是不当保姆了,就会离开我是吗?你会到哪里去呢?回到你的小山村吗?"

我听妈妈说过,小顷姐姐来自鄂东一个美丽的小山村,职介所的登记表上填着"湖北省黄梅县柳林乡南北山村,身份证号:421127199011110118"。

"嘻嘻,那都是假的!"小顷姐姐笑起来,"一个仙子变出一个身份证什么的,只需一片树叶就行。我来自田螺世界。那个世界跟你生活的世界有一部分是重合的。我们会在漠漠水田中找到一处没洒过农药、没施过化肥、没污染的清清水域,度过

我们的青少年时代。在那里，我有许多姐妹，我们相亲相爱。等完成我们为人类而服务的三年保姆期，我们将走遍世界，寻找美丽的风景，寻找真爱。如果我们找到了真爱，我们就会嫁给那个人类的男子……说这些是不是有点太早了？小丽，你才七岁呀！"

"等你当妈妈了，你也要离开那个男人吗？"

"不，等我们生下女儿，我们的女儿将离开她的父母"，小顷姐姐的声音有点低，好像在微微颤抖，"这是一个悲剧，田螺姑娘逃不脱的命运！到那时，我会把田螺壳儿从我的梳妆盒儿里取出来，用上好的麂皮轻轻仔细擦拭，里里外外都擦拭一遍，看看外面的角质有没有破损，看看里面的设备要不要添置，然后带着我的女儿钻进田螺壳儿，回一趟娘家——我们清洁的水域，在那里，我将把女儿交给那些比我们更伟大更无私的嬷嬷，她们会教会我的女儿一切仙术，并将田螺姑娘的身世告诉她，叮嘱她守密，完成自己三年保姆服务期的责任，如此周而复始……那将是我最后一次回娘家，等我回到丈夫身边时，我的仙术将会消失，我从前的记忆也同时抹去，我像任何一个普通女人一样，嫁鸡随鸡嫁狗随狗，跟着我爱的男人，渡过寂寞的余生。如果我选择一辈子不嫁人，这是允许的，我会只身闯天下，过上一种漂泊不定、变动不居的生活，我的田螺壳将成为我的飞行器，我的房子，甚至我的武器，我的伙伴……这样的人生选择经常出现，因为真爱并不那么容易找到。等到我们老了时，是的，田螺姑娘也会老，我就下决心回到我的水域，当一名尽职尽责的嬷嬷——嬷嬷就是这么来的。哎哟，十二点差二分了，好多事情还没干！你妈要下班了……嘀嘀嘀嘀……"

电话挂了。

一转身，我看到小顷姐姐站在我面前，额头上尽是汗，喘着粗气，手里还提着一网兜菜："对不起，小丽，我去见我的老乡了……啊呀，衣服还没晾……"

　　小顷姐姐一头钻进厨房。当妈妈十二点零五分跨进家里的大门时，饭菜已端上了桌子，衣服也晾好了，地板洁净如洗，小顷姐姐一边对我眨眼，一边笑眯眯地跟老妈打招呼："阿姨，你回来了，咱们开饭好不好？小丽，你要不要去洗一下手？去洗一下吧，你的手上拿着什么？今天有你最喜欢吃的土豆丝蛋汤……"

　　这是仙术！

　　如果不是仙术，没有人能在七分钟之内做好一桌子的菜肴和喷香的米饭，还晾好衣服，拖好地板，给阳台上的花浇过水，顺便给小京巴洗了一个热水澡！

　　我把田螺壳儿轻轻地放进滴水观音花盆里，我看到它带着指纹图案的小门打开了一条小缝，里面有温暖的亮光传出，我甚至听到了电话没挂好的那种丝丝的电流声，还有我熟悉的，但听不懂歌词的缥缈仙乐……

聚 会

● 萧 袤

那时候，我太喜欢我们的聚会了！忙了一整天，谁不想歇歇呀，找点乐子，否则，活着就太没有意思了。天一黑，我的"太阳"就亮了。

我像喜欢白天的太阳一样，喜欢夜晚的"太阳"，不，相比之下，我更喜欢夜晚的"太阳"，因为白天的太阳离我们太远了，而且高高在上，可望而不可即；夜晚的"太阳"（它还戴着一顶傻里傻气的铁帽子呢）才真正属于我们。它是那么浑圆，那么温暖，我甚至可以碰一碰它也不会被烫伤。

时间一到，体内的生物钟就会提醒我："别磨蹭了，快点梳妆打扮，聚会就要开始了！"每当这时，我的心儿就慌慌乱乱的，好像有无数的奇遇就在前边，等待着我，向我眨眼、招手呢。不管怎样慌乱，睫毛得好好涂一涂，香粉得细细扑一扑，翅膀尖尖上还是要洒上点香水的。

仿佛一个舞台，戴帽子的"太阳"洒下的光芒，好像舞台上的聚光灯似的，形成一个尖儿朝上的圆锥体。这个奶黄色的圆锥体，像玻璃一样透明，像水晶一样散发出一波波无法抗拒的吸引力。我飞向那里，啥也不顾。

我像一片雪花似的，融进能让人瞬间融化的"阳光"之中。周围是浓得化也化不开的黑夜，只有这里才是光明的、灿烂的、温暖的。

胡萝卜先生的胡子

朋友们早就来了，他们在跳舞，一边跳舞一边说话。舞是现编现演的，千姿百态，各展奇技。混乱之中有秩序，有一种说不出来的美。

白天的飞行叫工作，夜晚的飞行叫舞蹈。

既有老朋友也有新朋友。老朋友一见面就互相打招呼：

"哈，你的晚装好漂亮呀！"

"嗨，东南角八里堡又有一片油菜开花了，你知道吗？"

"蜜丽，看到你真开心啊！奇宝还好吗？听说他向你求婚了？别害羞嘛，有没有这回事？"

总是不断地有新朋友加入进来，这些刚进入社交圈的新人一开始有点矜持，常在光圈的外围飞转，说话也细声细气，还爱脸红：

"娜媳，到这儿来，这儿才是舞台中央呢！"

"不，我不是娜媳，我叫娜娅，娜媳是我妈……"

"认识你很开心，你的嘴巴好尖喔！可以做朋友吗？"

"嗯，这个……我也很高兴，可是……我还不知道你的名字呢？"

新朋友很快就变成老朋友了。有些老朋友几乎天天来，有些却不能来：

那个说话翁声翁气，老爱侧着身子飞行，有事没事爱搓着双手，好像随时准备饱餐一顿的老苍蝇听说昨天被人拍死了，死得好惨哦！

那个像天使一样可爱，两只翅膀洁白如雪，飞行时喜欢在空中画8字，美得像梦、像精灵一样的蝴蝶，听说被一个人类的小孩抓走了，生死未卜。

我们打听着未能出席聚会的老朋友，如果他们平安无事（要照顾小孩啦，被老婆管得太严啦，伤风感冒啦，未成年，爸爸妈妈不让出门啦，这些都成为他们不能光临聚会的原因），我们就

放心了。唉，世界虽美好，却并不太平。

"小颖"，喔，他们叫我呢，是一群青春年少的漂亮蛾子，"快过来，咱们商量个事。"说是"商量"，其实他们早就议定好了，叫上我只是为了多个人手，多一份力量和热闹，或者说，仅仅是怕我落单。

我们像一群小疯子似的，在"太阳"周围穿行，接着，艾米打头，白玫随后，然后是清衣、篁园、弯虹，接着是我小颖，最后压阵的是哲美，哲美的胆子最大，每次都是她压阵。我们呼啦啦地向那个秃顶的大胖子冲去。

大胖子是个面包师，身上总有一股好闻的面包香味儿，他穿一件圆领汗衫，腆着个啤酒肚，每天都到这里来——用人类的话说这也叫聚会，真奇怪啊！三三两两的，站在路灯下聊天，天南地北，家长里短，什么都聊。

大胖子挥起蒲扇，要把我们赶走。我们偏不走，这是我们的地盘，凭什么叫我们走？但是，大胖子的大蒲扇太厉害了，掀起的狂风把我们扇得站不住脚，一个个东倒西歪，弯虹差点撞到电线杆上了，清衣的裙子翻上米走光了，我也翻着跟头踉踉跄跄，被刮到了舞台外面的黑暗中。

我们不怕失败，马上齐聚到"太阳"周围，仿佛到那里吸取神秘的力量似的，在艾米的带领下，整理队形，再次发起冲锋。

那个长得像撑衣竿的瘦高个儿乐得呵呵笑，一边在细腰上挠痒痒，那是蚊子姐趁机帮我们偷袭了他：

"胖哥，你的吸引力蛮大哦，虫子都盯上了你！"

"谁让他油水多，壮得像头猪！"

另一个方头大耳矮矮墩墩的黑大汉，是一名搬运工，他的短裤头像个破灯笼似的，说："哎哟，这儿的蚊子还真多，竿子，你有风油精吗？给我擦擦……"

黑大汉也被我们暗中派出的"奇袭部队"偷咬了好几口。

我们把秃顶胖子的脑袋当成了地球仪，一圈飞过来，一圈飞过去，飞成了一颗颗"小卫星"。胖子忍无可忍，再次挥动大蒲扇，想把我们都赶走。

想知道结果吗？结果当然是我们赢了，胖子和他的同伙儿离开了我们的快乐家园，欢乐基地。我们唱着胜利的歌，飞舞得更加起劲了。

箩园模仿胖子逃走的样子，在空中跌跌撞撞，白玫学那个瘦高个儿，一弹一弹地像个虾米似的跳；我学黑大汉，提着灯笼似的大裤头，不小心摔了一跤。

我们都学得惟妙惟肖，围在我们身边看热闹的别的小虫子们乐得嗡嗡怪叫，一只七星瓢虫一边笑一边叫还一边撒尿，真不像话！

一只金龟子猛地飞蹿而上，身上的金粉腾起了一阵淡蓝色的烟雾。

不是每天都玩恶作剧的，有时候，我们看到一个流浪汉，靠着水泥竿，坐在路灯下，我们也陪着他一起伤感。

流浪汉的伤感一般人是看不出来的，只有我们才跟他心灵相通。

真的，我没吹牛。许多人从路灯下经过，甚至觉得流浪汉的生活过得还蛮潇洒呢，看哪，他在那儿自得其乐呢，抠抠脚指头呀，哼哼自编的歌儿呀，大热天许多人在空调房里也睡不着，他却在路灯下闭着眼睛打起甜蜜的呼噜。

不过，说老实话，流浪汉是值得我们同情的。

我从他身上的气味就能闻出那份浓郁的孤独，我还从打他头上借居的虱子兄弟那里了解到他无家可归的一缕缕乡愁。

唔，不说流浪汉了，毕竟他四海为家，只是偶尔才进到我们的世界里来，睡一觉第二天就走了。我们一共见过七个流浪汉。

更多的是小孩子！尽管说小孩子有时候也很讨厌，比方说：无缘无故抓走了天使般的白蝴蝶呀，把树上的蝉儿关进火柴盒儿

里做成喊里咔嚓响的收音机呀，但小孩子毕竟年龄小，不懂事，我们可以原谅他们。

所以，当小孩子来到路灯底下玩游戏时，我们总是欢迎的。

我们的欢迎，小孩子并不知道（一般情况下，我们是用翅膀来鼓掌，用特有的舞姿来表达我们心中的喜悦），他们玩得太专心了，天都黑透了也不愿回家，还要玩，还要玩，结果就跑到路灯下来玩了：拍纸板呀，打弹珠呀，听故事呀。有一段时间，一个最用心的孩子，几乎每天晚上到这里来看书，好像书里的世界比外面的世界更好玩，更值得沉迷似的。

我们不看书，我们看叶子，叶子就是我们的书，每一片叶子都有不同的经络，不同的经络讲述着不同的故事。

我们在白天看《叶子书》，到了晚上，我们只喜欢到"太阳"底下来聚会，把我们一天遭遇的事情说出来跟大家分享：

小巷矮墙上的蓝色牵牛花，又新开了七朵啦；

昨天掉进花心差点被花蜜淹死的小蚂蚁经过治疗已恢复健康啦；

随蒲公英一起飞舞的，除了梦的碎片、幻想的碎片，还有看不见的亲情的光波、同情的声音、爱的脉动啦……好像说得很有诗意、很有情调似的。

有时候我们举办音乐会，请来蟋蟀弹吉他，纺织娘拉二胡，青蛙打鼓，青蛙总是不愿意来，他住在池塘里，到这儿来要经过千难万险，用青蛙的话说："九死一生啦！我都跳了三百零六跳，才走了一半路，噢，这儿离池塘太远了！"

想想也是，青蛙不像我们，我们都有翅膀，想到哪里就飞过去，很方便。

音乐一响，我们这些夜晚的明星一个个激动不已，朝着灯光的金字塔飞旋而上，我们跳起了欢乐的舞蹈。

从下水道里赶来的老鼠不敢露面，他怕被人发现，躲在黑暗中仰望着我们，两只小眼睛亮得像草丛里的鬼火。

一辆亮着前大灯的小汽车把我们的音乐会打断了，所有的乐师都逃跑了，青蛙逃得最快，只有我们不跑，我们继续跳舞，继续狂欢！

小汽车有什么可怕的，哼，毫无艺术气质的笨头笨脑的铁家伙！

有时，我们闹到午夜也不愿散去，甚至下雨了我们还在跳舞，我们是一群浪漫主义者，仿佛每一夜都是最后的狂欢，我们及时行乐，载歌载舞。

该如何描述雨夜里的"太阳"下的风景呢？

那些亮晶晶的画着斜线的雨丝，像金线一样穿过奶黄色的圆锥体。

有时候起风了，雨丝有点乱，东一闪西一闪的，像抛在空中的银币，像落到地上的袖箭。任凭雨打风吹，奶黄色的金字塔却岿然不动。我们这些漂亮的蛾子仍然在塔身里游弋，就像玻璃缸里蹿来蹿去的热带鱼。

周围全是黑的，不知道雨下得大不大，唯有光圈下的水泥地，透露了雨夜的盛况。车来人往，匆匆忙忙，唯有我们这些夜游者还在飞舞。

只要有光明，我们就会舞蹈；只要有光明，我们就会快乐。

一条蚯蚓从水泥地边被雨淋湿的泥土里探出身子，望了一眼半空中上下飘飞的我们，摇摇头，叹口气，咕噜一句"神经病！"又钻进泥地里去了。

一个小伙子打着伞走进路灯下，抬起手看了看表，耸着双肩好像怕冷似的，跺着脚，左走两步右走三步，抬头望一眼什么也望不到的前方，又看一看表，直到小伙子看了二十九次表，他要等的那个人还是没有来。

这时，小伙子的手机响了。

"你说什么？下雨了不出来？不出来你让我在路灯下傻等什么呀？……好吧，对不起，我没事，带着伞呢，这儿一点也不冷，挺温暖的，灯光下，虫子飞舞，蛮有意思的，可惜你不来，不说了，明晚见！"

我们在这里还顺便看到过许多有趣的事情，比如：小偷分赃，夫妻吵架，间谍接头，亲人话别，游子归家，战士出发……每次上演这些光怪陆离或悲或喜或滑稽的新戏旧戏时，我们就变成了舞台上的背景，甚至连背景也算不上，顶多是幕布上的一抹图案或叮叮当当的小饰品。

在那些"剧中人"的眼里，我们是不存在的，就算存在也是可有可无的。

他们哪里知道，他们的一举一动一颦一笑，都逃不脱我们的法眼——因为，我们在他们的头顶上飞舞啊！

最难忘的是那个雪夜，你说什么？我们活不过冬天？到了冬天，虫子要么死掉，要么冬眠？不，也有例外，我就是。

没有人发现漆黑的夜里，我的"太阳"下，我的"金字塔"里，漫天飞舞的雪花中，有一片不是雪花，是雪白的飞蛾，那——那就是我！

仿佛是个梦境。

我在打哆嗦？不，不是哆嗦，是激动！是激动不已的颤抖！

一片圆形的白，出现在水泥地上，恰如在蛋青色的水泥地上涂上了一层纯白色的奶油。奶油之上就是浑然一体的奶黄色的蛋糕，透明的蛋糕中，纷纷扬扬的飘着雪花，我在雪花丛中穿梭，独舞，雪花为我伴舞。

这是我一个人的舞台。

我一次次扑向我的"太阳"，亲吻她的脸庞。

在这样的雪夜，我喜极而泣。

一件件往事如漫天飞雪扑面而来，走马灯一样历历如在目

前。我想起了每天夜里我们欢乐的聚会，那些新朋老友，这会儿都到哪里去了呢？

听说艾米结婚了，搬到高尚社区的私家花园里去了；

白玫也嫁了个如意郎君，生儿育女去了；

清衣的一根触须不小心碰到烛火烧毁了一小截，清高孤傲的她从此一个人在南瓜藤下打发一大把无聊的时光；

篁园还经常到我家来玩，我们俩的儿子竟然是同年同月同日同时出生，长得像双胞胎；

弯虹死了，死于蛛网之下，弯虹太爱美了，对于蛛网上的露珠有抑制不住的冲动，总想采来做项链，我告诉她那很危险，她总是不听，结果被老谋深算的毒蜘蛛迷住了心窍，万劫不复！

哲美失踪了，哪儿也找不到她的身影……

现在想想，雪夜里的"太阳"，"太阳"下的舞蹈，冰凉的清醒，微醺的沉醉，是我一辈子最疯狂的浪漫，那灯光织成的"金字塔"，那看起来不似下落而像飘升的精灵般的雪花，还有我，热爱光明与自由，向往冒险与狂欢的飞蛾，这一切都由时光凝成了金色的琥珀，珍藏在我的记忆之中。

第二天，我的眼睛瞎了，是冻瞎的还是被雪的反光刺瞎的？我也不知道。

也许是老天爷对我的惩罚吧，哼，谁让你一意孤行，冒雪狂欢呢！

什么也看不见了，但那雨滴般的、琥珀般的、上尖下圆的透明的"金字塔"（塔里的聚会、独舞，依然在进行……）却每时每刻都在我的回忆中熠熠闪光。

袜子姐妹和套鞋夫妻

● 萧　萍

星期天：远方的小格子

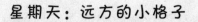

在遥远的城市里，住着一双袜子姐妹。她们是多么适合住在这里啊，因为这个城市是不会下雨的，所以当她们一跳一跳走在路上的时候，永远都不会担心那些雨滴会打湿自己，也不会担心泥点儿溅得满身都是——这个城市永远都是那么晴朗干净，像镜子一样，没有一丝云彩的反光。

住在这里的人都喜欢把这对袜子姐妹叫做小格子："小——格——子～～～"他们的声音是悠长的，在晴朗的天空下就像在唱一首遥远美丽的歌，那最后一个音是最高的，还带了点儿卷曲和波浪的装饰音，这全都是因为她们是袜子姐妹的缘故呢，要知道她们的领口都是有彩色花边的啊！

是的，她们是那种小时候毛头穿的袜子，用绒线编织的，白底红格，在花边上还有一对格外可爱的绒毛小球球，圆溜溜，毛茸茸，总是机灵而淘气地甩来甩去。

她们喜欢靠在干净的沙发的角落里发呆，喜欢从老书架边猫着腰轻轻而敬畏地走过，而她们最喜欢的，当然莫过于在晴朗而光滑的马路边跳来跳去，因为对袜子姐妹来说，一生中最重要的时刻就是遇到一双合适的小脚，然后一跳一跳地陪伴他们走路，转圈，慢慢长大。这才是一双袜子最大的幸福。

正如生活里并不只有幸福和快乐一样，袜子姐妹也有淡淡的惆怅——作为一双小时候的袜子，只有袜子姐妹自己知道那些小脚的成长有多么迅速，当那些小脚丫的脚趾觉得自己被束缚的时候，他们就要告别袜子姐妹了，因为他们长大了，他们需要更大的空间奔跑跳跃，他们像精力充沛的蚕豆一样一股脑儿地射向了远方！唉，他们是那么兴奋，怎么会注意到在他们的身后还有一双小时候的袜子在发呆呢？白底红格的袜子姐妹，她们的毛绒小球球就总是在这个时候怅然若失地上下飞舞。

天啦，远方！

袜子姐妹喃喃自语，她们曾经在不同的时间和场合不断听说这个字眼，"远方"，她们不知道那究竟是什么，她们只知道，这个吸引人的字眼，是她们喜欢的、蚕豆一样精力充沛的脚指头们最最向往的。于是不知道从哪天起，她们也就开始真心向往了——袜子姐妹越来越喜欢趴在窗台向外张望，她们甚至觉得，自己有一部分绒线编织的心和身体也是随着小脚丫们去了远方，不然，为什么她们一年比一年单薄呢？

星期一：老瓦片上的争论

这一天袜子姐妹却因为一件事情而争吵起来。

起初是一只麻雀妹妹站在老瓦片上发表自己的看法，她的声音很细很尖，像好多切碎的菜叶子：

"小格子，小格子，你们应该，去看看，去看看！知道吗，那的确，是一种最奇妙的，东西！当它，滴在你的，身上啊，就像许多，真正的嫩玉米，嫩玉米！打在你的身上，又麻，又甜，轻轻的！"

麻雀妹妹说的时候，是那么急切兴奋。袜子姐妹在窗台边静静地听着。袜子姐姐想：

"呀，雨啊，那才是我真正喜欢的……"

可是她的想法很快就被一个声音打断了：

"不，不！我更喜欢云，云啊！和雨比起来。自由自在的，软软的，棉花云！云坦克！坐在上面，上面！就一秒好了！发射，发射！雨滴炮弹！各种各样的，到任何地方！任何地方！"

麻雀哥哥拍着翅膀，眼睛里闪闪发光。那些光点燃了袜子妹妹，她想：

"呀，云啊，那才是我真正喜欢的……"

结果"远方的雨"和"远方的云"吵了起来。他们互不相让，都觉得自己是世界上最正确的。而袜子姐妹呢也加入了这样的争吵中，只不过她们不像麻雀兄妹那样吵，而是用脚尖跳来跳去。

这时候，一对身影过来了，他们的动作显得有点迟缓，还有点儿沉闷的扑扑声，那是脚后跟拖在地上的声音，永远都好像在想着不属于这个地方的另一件事情，没错儿啊，那是套鞋夫妻。

套鞋夫妻其实就住在袜子姐妹斜对面的老公寓里。他们可是这个城里元老级的居民。不过，谁也不知道他们当初为什么会到这个城市，并且在这里定居下来，因为这个城市是从不下雨的啊！所以，他们待在这个城里其实是很奇怪的：想想看，在晴朗的没有一丝云的天气里，一双包裹严实的套鞋，发出沉闷的扑扑声，慢吞吞地在街道上走啊走，让人觉得多么滑稽啊！

套鞋夫妻却似乎没想那么多，他们好像也很乐意他们目前的生活状态。他们常常在黄昏的时候出来散步，一边走一边想着什么。或许就是回忆过去吧，年纪大一些的人总是这样的，他们往往能从过去的好多事情里找出点儿乐子来，就像此刻，这对套鞋夫妻正肩并肩、不慌不忙地踱着步，轻声而热烈地谈论着什么。

"嘿，亲爱的，你知道吗，昨天我又梦见和你走在那里！"

那是套鞋太太的声音，温柔的，有一点点羞涩和抑制不住的兴奋。

"不管在哪里，放心啦，我亲爱的太太，我都准和你在一起！"

沉着的，富有幽默气质的声音就是套鞋先生，他的眼睛不太好，不过腰却挺得笔直，这和他的太太恰恰相反，套鞋太太稍微有点佝偻，可眼神却是很棒的，现在她的眼睛望着前面，沉浸在梦境里：

"呀，我们一起走在雨里，雨的中央！中央！那么大的雨啊，铺天盖地，简直把我的眼睛都迷住了！"

"是吗，那真太奇妙了！……那个男孩，我是说他，他是不是也来了？用力踩水？还是从高处往下蹦？他的力气真大呀，他的每一脚都要踩出一个大坑来……"

"是啊是啊，他踩雨的声音大得吓人，简直把我的耳朵都快震聋啦！"

套鞋夫妻低语着，他们的肩膀碰在一起，热烈地彼此诉说。虽然他们的声音不那么大，可是他们沉醉的模样却让人羡慕。

袜子姐妹和麻雀兄妹都听到了。袜子姐妹无数次地看见套鞋夫妻从面前走过散步，可这才是她们第一次听到套鞋夫妻说到远方和雨呢，她们的心里不禁怦怦直跳："哦，他们在谈论雨！他们还踩过雨呢！"小格子羡慕地望着他们，不用说他们有了年纪，他们一定是去过远方的，虽然他们有时候看起来有些古板和严肃，可是听他们说起话来，是多么浪漫和神奇啊。

而刚刚还在争吵的麻雀兄妹却不以为然，他们在瓦片上老练地跳来跳去，在一小块红色碎玻璃上磨尖嘴巴，在他们眼里，这对套鞋夫妻实在是那么迂腐和陈旧：

"又是那个男孩，又是踩水！"

"来了又来了，老一套又来了！"

"总之没有你的玉米雨好！"

"总之没有你的坦克云好！"

麻雀兄妹就这么和好了，他们拍了拍翅膀，转了一小圈，就

飞走了。而袜子姐妹却好奇地从窗台边探出头来，她们想知道套鞋夫妻到底在说什么。可不知道为什么，接下去的声音却小了下去——

"是啊，是啊，那个男孩！"

"可惜现在他再也不需要我们了。因为这个城市再也不下雨了嘛。"

套鞋太太的声音因为遗憾而稍微显得沙哑。套鞋先生沉默了一小会儿，细心地轻轻碰了碰套鞋太太的胳膊，安慰她：

"因为他长大了嘛，亲爱的，他不再是那个爱踩水的小男孩了。你看，我们也都慢慢老了，不是吗？"

"是啊，他长大了，我们也老了……"

套鞋太太感慨着，她的身体因为一种突然的想念而轻轻摇晃起来，所以她不得不一直靠在套鞋先生的身上，自言自语地说：

"其实下不下雨又有什么关系呢？只要有你在，有雨的剧场……"

"是的是的，亲爱的，我在啊，在这里啊，我们的剧场也一直在啊……"

套鞋先生喃喃着，他们的声音变得低沉而模糊，也似乎有点儿遥远起来。他们依偎着，步子更加缓慢，就像一双影子一样在夕阳下移动着。

星期二：下雨天快乐

"请问，能告诉我们，下雨是什么样子吗？"

袜子姐妹实在忍不住内心的好奇，她们冒失地从窗台跳了下来，落到套鞋夫妻跟前，把他们吓了一大跳。

套鞋夫妻望着袜子姐妹，迟疑了一下，他们似乎好久没有和别的人交往了，对这突如其来的招呼有点儿措手不及。停了一下，还是套鞋先生恢复了他的绅士模样，可是他的语言却没有恢复过来，结结巴巴地说：

"唔，小——格——子～～～啊，下、下雨天快乐！"

哈哈！"下雨天快乐！"这是袜子姐妹听到的最新鲜最俏皮的问候了——因为此刻太阳就暖融融地照在她们的身上，城市像镜子一样晴朗呀！调皮的袜子姐妹立刻迫不及待地学说她们刚刚听来的问候：

"噢，噢，下雨天快乐！下雨天快乐！"

套鞋先生有点儿不好意思了，不过他还是非常绅士地稍稍前倾了身体低声问：

"嘿，美丽的小姐们，下午好。请问，你们也喜欢雨吗？"

袜子姐妹看了看恭敬的套鞋先生，茫然地点了点头，又立即摇了摇头，她们说：

"喜欢？哦，可是我们还从没见过雨呢！老先生，听说那是属于远方的东西啊……您见过的对吗？您能跟我们多讲讲吗？哎呀，我们多想知道啊！"

袜子姐妹的声音里满是热切和急迫，她们围着套鞋夫妻跳着，跳着，绒毛球球一刻也不停地摆来摆去：

"远方那儿好玩吗？一定是很远很远对吧？"

"要是我们也能去那里就好了，要是我们也能到雨里走走，该有多好啊！"

套鞋太太注视着充满了好奇和沮丧的袜子姐妹，一直温和地笑着，她微微佝偻的背现在离开了套鞋先生，她推了推他：

"老头子，跟她们说说雨吧，唉，那是多好的雨啊！而她们，又是多好看的一对姐妹啊！"

套鞋先生很听太太的话，他立刻挺直了身子，想了又想。他的眼睛眯起来，望着模模糊糊的远方，突然他的眼睛睁大了，环顾着四周，却好像什么也没有看见，仿佛他现在就径直地走进了一个真正的梦里，他的声音也变得轻飘飘、黏糊糊的：

"雨啊，那是从天上来的水滴，扑扑往下跳。它们落在身上，

溅落在石头上还有嘴巴里。它们有点儿凉，它们的脚印是很奇怪的，在土里是一个小坑一个小坑的，在湖里却是一小圈一小圈的，而在玻璃窗子上又是一小条一小条的；它们在冷的地方会挺直了身子站成冰，而在热的地方会渐渐变软冒出白的蒸汽……"

套鞋先生望了一眼套鞋太太，他们好像在传递一个遥远的温暖的眼神和信号，果然套鞋太太立刻接下去说，她的声音那么轻柔甜蜜：

"那些小雨点儿啊，它们最喜欢风了，要是有风来了，它们就会欢呼起来，贪玩地坐上去，到处溜达，不管是白天还是晚上，都调皮地敲人家的窗户，啪啪啪的，窗户里面的人听见了，知道是雨孩子捣乱，他们也不烦，因为他们都是些好脾气的人啊，他们会不动声色地说：'隔窗知夜雨，芭蕉先有声'，'夜来风雨声，花落知多少'，呵呵，那些雨点儿啊听到了这些话，就只好自己跑开散了哦……"

套鞋太太说话的时候微微佝偻着腰身，显得非常幽默，她的脸上始终有一种轻松和蔼、慈祥而迷人的笑容。

袜子姐妹被深深地吸引了。她们一动不动地望着套鞋夫妻，因为她们怕自己跳来跳去会错过了一句美妙的话啊。她们入迷地孩子气地想：那些落在芭蕉上的雨点儿，那些落在花上的雨点儿，后来，到底都散到了哪里呢？她们真的很想知道呢，不过她们现在急急忙忙说出来的话却是：

"哎呀，要是能、要是能真的在雨地里走走该有多好啊！……"

她们说话的时候黄昏的太阳已经不那么明亮了，那些光此刻正照在袜子姐妹的脸上，给她们那对毛绒小球球镀上了一层金色的边，给袜子姐妹平添了一种心驰神往的表情。

套鞋先生和太太温和地、若有所思地沉默着。又过一小会儿，头顶和身边传来一阵阵扑簌簌的声音，那是风将好多花瓣轻轻吹落了。

星期三：从前有座城

又过了一会儿，套鞋太太用鞋跟碰了碰身边的先生，然后用沉静的声音对袜子姐妹说：

"如果你们愿意，美丽的姑娘们，现在就可以坐到我的手臂里来，我们可以带你们去雨中散步。"

"真的吗？这是真的吗？现在？我们可以一起到雨地里踩水？"

袜子姐妹简直不敢相信自己的耳朵。

"是的。小姐们，乐意为您效劳。"

那是套鞋先生典型的充满绅士风度的话语。

"可是，这怎么可能呢？谁都知道这是个从不下雨的城市啊……"

袜子姐妹们刚刚点亮的漂亮眸子又黯淡下来。而那些夕阳的金边让此刻的她们显得有点儿憔悴了。黄昏总是在这样的时刻悄悄降临的，那些天空中的鸟开始显得有点儿不知所措，它们莽撞地在天空里来回飞着。

"亲爱的姑娘们，打起精神来吧，仔细看看你们每天待过的窗台，那上面的木头是不是都有水的花纹，你们再瞧瞧身边的街道，哪一个门不是船的形状？好孩子们哦，你们有没有想过，为什么这里的每个门槛都是漩涡的模样？"

套鞋太太眯起眼睛，她的眼睛望着很远的地方，声音轻柔得就像刚刚吹过脸边的风——

"你们能相信吗，很久很久以前这里曾经是著名的雨城，所有的东西都是和雨有关的，雨房子，雨碗，雨楼梯，雨面包，雨灯，雨火车，雨板凳，雨蚂蚁，连玩具小青虫身上的绒毛都是小雨滴做的哦……"

袜子姐妹安静地听着，她们根本没法想象这里很久以前曾经是雨的天下，她们因为吃惊而说不出一句话来。这时候套鞋先生

有些激动地插进话来：

"可是谁知道呢，转眼这里就变成了再也不能下雨的城市……有人说这个城市从来就不下雨，我敢说那是百分百地胡说八道！因为我们夫妻就是最好的证据，我们是这个城市跑得最快最优美的套鞋，我们在雨中高难度的960度大旋转让我们连续三周占据雨报的头条，我们还因此得到过皇家套鞋骑士勋章！"

套鞋先生激动得一会儿伸直身体，一会儿又弯曲起来，好像立刻就要奔跑起来。他现在似乎也忘记了绅士风度，一边咬着指甲，一边沉浸在过去的辉煌之中。套鞋太太望着大男孩一样激动的套鞋先生，微微笑着，眼睛里满是爱怜，她接着说：

"……是啊是啊，很遗憾，这里后来变成了再也不能下雨的城市，没有人说得出理由。其实很多东西都是不需要理由的，下雨或者不下雨——姑娘们，这是我这么多年来得出的结论——生活就是这样有着无穷的变幻和可能性，就像我们在的这所城市，它曾经因为无穷的雨水而成为别的城市向往的远方，而现在，这样的远方和这样的雨水早已成为我们这个城市最大的向往……"

套鞋太太看到袜子姐妹有点似懂非懂地瞪大眼睛，立刻打住了话头，她低头沉默地想了一下，然后才继续讲道：

"……唔，不错，最开始住在这里的人们都陆续搬走了，他们都去了别的城市去了远的地方。你们问我们怎么没动？是啊，或许我们动得太多了，我们走过太多太多地方……最后，还是到了这里，我们走不动了，老了，就留下了，尽管我们也知道，一双套鞋对于一座不再下雨的城市是那么多余和滑稽……"

袜子姐妹呆呆地听着，她们不明白"动得太多了"是什么意思，她们只是望着喃喃自语的套鞋夫妻出神。而当她们真的坐在套鞋夫妻的手臂里，去重新打量身边的一切，她们突然发觉那些水滴形状的房屋，树丛，漩涡的门槛，以及写在墙壁上的没有意义的雨水文字，都会产生出一种遥远的、呼啸的大雨气息，这些气息安静地笼罩过来，让她们感到一种神秘的力量。

现在，套鞋夫妻和袜子姐妹来到了一块空地。

"看啊，姑娘们，现在我们在的地方可不是一块普普通通的空地"，套鞋先生说，"孩子们，你们知道吗，这里，在很久以前，曾经是这个城市最大名鼎鼎的雨剧场！"

套鞋太太点点头，她的头微微侧着，好像在想很久以前的事情，她努力伸直了腰背，踮起脚尖好和自己的丈夫保持一致的姿态，然后她用梦幻地充满了水和蒸汽的声音说道：

"在很久很久以前，这里就是雨剧场——有好多别的地方的人每年都会赶来这里，他们听雨看雨，他们穿雨的衣服，挂雨的织锦，他们戴雨的项链和帽子，他们模仿年老的雨和年轻的雨下落的声音和姿势，那些从远方赶来的、见过或者从来没有见过雨的人们，就在这里聚集起来，他们尽情地玩耍欢乐，直到下一个雨季的来临……那是个多么盛大的节日啊，人们倾城出动，不分男女老少，彻夜狂欢，只是为了参加一种古老的雨的演出——《雨下吧，下吧》——"

说到这里套鞋太太突然停住了话头，她用湿漉漉的眼神看了一眼身边的套鞋先生，而套鞋先生也自然而深情地挽起她的胳臂，他们一起用低沉的嗓音唱起来：

"雨下吧，下吧

天上来的水啊

哗啦啦——

雨下吧，下吧

地上来的水啊

吧嗒嗒——

雨下吧，下吧

呜啦啦——

我们要开始踩水啦！

我们要在雨里转圈了!

我们要变成雨滴摔倒了!

……"

套鞋夫妻就这样唱着讲述着,他们的声音越来越明媚响亮,他们的身上突然迸发出一种神奇的活力,在这个黄昏深深感染着袜子姐妹——

"啪啪啪"是鞋底在用力踩水;

"叮咚咚"是雨在鞋面上飞溅;

"笃笃笃"是鞋跟在雨坑里跳跃;

"滴答答"是水顺着鞋帮往下滑落……

于是袜子姐妹也情不自禁地哼唱起来,她们一边随着那些旋律热烈地摆动身体,一边兴奋地大声喊着:

"那么,我们可以听到飞溅的水花声了吗?"

"是的,亲爱的!"

"那么,我们可以在雨里飞快地转圈了?"

"当然,宝贝儿!"

套鞋夫妻一直都温和地微笑着回答,他们伸出长长的手臂,将袜子姐妹抱起来。于是,袜子姐妹和套鞋夫妻一起用快乐的声音大声唱着:

"雨下吧,下吧

天上来的水啊

哗啦啦——

雨下吧下吧

地上来的水啊

吧嗒嗒——

雨下吧下吧

呜啦啦——

我们要开始踩水啦!

胡萝卜先生的胡子

我们要在雨里转圈了！

我们要变成雨滴摔倒了！

……"

袜子姐妹紧紧地靠着套鞋夫妻。此刻他们正在这个城市的一块空地上快乐地飞奔玩耍，他们奔跑和歌唱的声音在这个光秃秃、寂寞的地方回旋着，上升着，有谁知道呢这荒芜人迹地方，曾经是世界上最大最热闹的狂欢的剧场！

星期四：流浪的故事

袜子姐妹从现在起常常去老公寓走走。她们去看套鞋夫妻，去听他们讲那些遥远的雨的故事。那老公寓其实不过是一只样式很陈旧的暗红色鞋柜，在老鞋柜的边缘和把手上是一些快要被磨秃的波浪和雨滴的花纹，而套鞋夫妻的谈话也像这些花纹一样散发着年代久远的气息。

"起初是我们自己想离开的。在一次比赛后我先生的腰扭伤了，再也没办法在雨中做高难度表演，于是我们就被一个收藏家看中了。那是著名的老鼠一家，老鼠爸爸是鼎鼎大名的收藏家。他要将我们改造成独一无二的私人旅馆，他要让远方那些从来没有见过雨的城市居民都来参观和居住。有两根花胡子的老鼠爸爸有一个绝妙的想法，他希望在我们的身体四周点上一百只花生油灯，让所有来参观的人在花生油的美妙味道中感受奢侈的雨的气息……"

套鞋太太总是这样开始回忆和讲述的，而接下来，套鞋先生就会轻轻地接着说：

"可是我们太不适应了，我们喜欢在雨里走，我们喜欢泥巴和土地，我们不喜欢被挂起来，周围是充满花生和蚕豆的灯油光线，我们不喜欢那些有钱的尖嘴巴的老鼠，它们一边吃着面包屑一边贪婪地走来走去……"

"那么后来呢？"

袜子姐妹急切地跳着问，尽管这个故事她们听了有一千遍，可是她们还想再听一千零一遍。

"后来，有一天来了一只见多识广的仓鼠，他的背上有一圈金黄的毛，他们是老鼠们的远房亲戚，本来很少走动，据说他们住的地方来了很多不速之客，所以来这里投靠亲友的。我记得仓鼠的儿子很小也很可爱，它总是拿着一只圆圆的东西玩耍，据说那是一只西瓜虫的模型……有一回，仓鼠妈妈听说了我们的想法，她也抱怨起来，因为她觉得老鼠亲戚非常吝啬，于是她主动对我们说：

'这都是我远房舅舅的错，谁让他这么势利，其实我们家小鼠只不过看看，谁稀罕他那青花瓷里的古董奶酪！这样吧，我可以帮助你们……'

于是仓鼠妈妈将明星鹦鹉的名片给了我们，那是一粒米大的一颗淡黄色的葵花籽。仓鼠妈妈还告诉我们没有比她的朋友鹦鹉懂得更多的了，只有他能和鸟和人同时交谈。

就这样，我们找机会离开了收藏家的工作室，去见见传说中的鹦鹉。那只站在秋千架上的漂亮家伙，正让人喂小米呢，他非常小心地保护他的舌头，因为据说他为他的舌头投了巨额的保险。那个鹦鹉是个自大的家伙，他并不知道我们找他做什么，可是当他看见我们的时候就立刻说：

'就这么定了，明天你们来上班，我需要两个保镖，你们的黑制服正正好！'……"

每当套鞋先生说到这里，他的眼里总是露出嘲弄的光，而套鞋太太用温和的语调接着说：

"不管我们穿什么衣服，反正我们不太喜欢学舌，我先生也最讨厌模仿别人。我们不习惯这种总跟在别人屁股后面、没有生气的生活。于是在一个没有云也没有星星的夜晚，我们又一次逃

跑到了大街上……"

说到这里，套鞋太太轻声笑了起来，她的脸上闪现出顽皮可爱的光，好像正和她的先生玩着逃跑的游戏——

"我们在大街上走着，有时候也跳着，感觉没有什么比自由更可贵的了。就是在拐角那里，对的，有一只石柱子的拐角，我们遇到了一只狮子。哦，他真是漂亮极了！"

套鞋太太情不自禁地低声赞美着，接着就将话头交给了套鞋先生：

"是的，他可不是真正的狮子呢！他是纸扎的，可是当他的头昂起来多么威武漂亮啊！要知道他头部的骨头是用三十二根最细最软的竹子做的！不过他却有些沮丧，因为满街都是仿造的塑料的骨头和绸面的狮子，他们不断嘲笑老狮子的竹子和纸是落后和陈旧的。可怜的纸扎的老狮子！他只能沉默着，他还能说什么呢？他是那么衰老，只要一阵大雨就会洞穿他的身体，他能做的只是沉默着想念属于他的过去时光……唉！"

套鞋先生说到这里不禁叹了口气，就沉默了，似乎只有这样的沉默才能唤起他对老狮子的思念。套鞋太太立即温柔地碰了碰套鞋先生的鞋跟，表达安慰的心情，她接着说下去：

"过去，是啊过去！当我们听到纸狮子的感叹，我们突然发觉自己的内心也涌起一种忧伤，是的，我们想家了，我们离开太久了！起初我们还以为自己是想念大雨了，可当我们这么想的时候，那个城市就落雨了——雨从天而降，密密的，罩住了所有的房子和街道。我们的周围没有一个人快乐地尖叫着去马路上踩水，没有雨的聚会和狂欢，人们匆匆地走匆匆地等待，有时候他们还会抱怨着：'这么大的雨，讨厌的鬼天气啊！'——我们发现远远不是雨的问题，于是从那时候开始，我们就发誓一定要回到原来的城市，无论付出什么代价……"

"是的是的，亲爱的"，套鞋先生反过来轻声安抚着套鞋太

太，他们互相依偎着，似乎重新走在那条回归家园的路上：

"我们一路走，一路问，我们迷路过，我们绝望过，可我们终于回来了……只是，多遗憾啊，这个城市再不是我们离开的模样，它成了一座空空荡荡的城市，因为它再也不能下雨了啊……"

套鞋夫妻说完了。他们每次都是这样的，在略带遗憾的平静中结束。

袜子姐妹认真听着，她们非常感动，她们总是央求着说请再讲一遍再多讲一遍吧。而她们为了表达对套鞋夫妻的感激，就跳自己编的美丽的舞蹈给他们看。她们跳得好极了，她们可以蹦得很高很高，还可以翻各种各样的跟头，她们轻轻地落地，连一点声音也没有，因为她们是绒线织的袜子啊。

套鞋夫妻总是静静地观看，每当袜子姐妹跳起来，他们就觉得温暖，当她们轻盈落下旋转的时候，只有套鞋夫妻知道那是模仿雨滑过水面的涟漪，他们就觉得好像又回到了年轻的时候，他们实在太熟悉那些涟漪了，因为套鞋先生和套鞋太太就是在湖边认识和相爱的啊，他们就在那一刻感慨地轻轻摇摆起来，仿佛这样的黄昏和日子也跟随着记忆轻轻摇摆了起来。

星期五：另一个流浪的故事

袜子姐妹的舞蹈名声很快就传遍了全城，她们跳得那么好。所有人都把掌声和鲜花抛向了她们。很快有一个大红鼻头的玩具小丑来到她们跟前，他用鹰一样的眼神打量了一下袜子姐妹，自言自语地说：

"嘿，小——格——子～～～这个世界失传多年的著名的绒线舞……啊机会终于来了……"

红鼻头抑制住内心的兴奋，对袜子姐妹说：

"你们愿意在台上表演翻跟头吗？我是说在很多很多人面前？他们可都是些有名有钱的上等人，他们懂艺术懂情趣，懂得欣赏

一双袜子的舞蹈，懂得她们该有的最大价值……"

袜子姐妹看着玩具小丑的红鼻头不知道怎么回答。她们并不明白他究竟要她们做什么，她们只是本能地轻轻摇了摇头。

玩具小丑并不死心，耸了耸他非常夸张的肩膀，他力图想办法说服她们。当他发现袜子姐妹常常都在窗台边发呆，向远方眺望，他立刻明白了他需要说点儿什么：

"真遗憾呢，本来你们可以像我一样，去远方，见见大世面，要知道我现在是一家马戏团的老板……那些远方可和这里不一样，你们现在就是踮脚尖也很难看到它的好，唉，算了真可惜，我还以为我能带你们见识一下那里的雨，那个远方有无数的、各种各样尾巴的雨……"

"各种各样尾巴的雨？当真有吗？"

袜子姐妹惊讶地跳了起来。

"有啊，有啊！"小丑突然看到了亮光，他立刻来了精神：

"是的是的，那里有好多的雨啊，秃尾巴的中雨，红尾巴的小雨，扫帚一样尾巴的大雨，榔头一样尾巴的冰雨，还有看不见的、丝线一样的毛毛雨……"

"你是说去远方？就是说，我们会离开这个城市，去远方？"

袜子姐妹的眼睛瞪得大起来。

"当然，当然，我的演出计划将是……"

玩具小丑撅着红鼻头得意洋洋地说着。可是袜子姐妹再也听不见任何字了，"远方"这两个字在她的耳朵里发着光。于是当她们再一次经过那些雨滴花纹的老公寓时，她们就有了一种新的感觉，她们想，我们就要摸到真的雨了！她们来向套鞋夫妻道别。

套鞋夫妻安静地微笑着，他们似乎早就知道有这么一天，他们将一些粉末状的小雨滴撒向天空，撒在袜子姐妹的身后，他们告诉她们，这是一种比雨水还要古老的祈祷和祝福，但愿慈悲的

神可以保佑她们平平安安。套鞋夫妻就这么一边撒一边轻轻哼唱着：

"去吧，姑娘们去吧——

如果你立刻忘记这个城市，没有关系，

亲爱的，最好的总是在远方啊远方；

如果你以后想起这个城市，没有关系，

亲爱的，你累了就可以回来啊回来；

这个世界本来就是这样，

生活总是一首重复着旋律的歌曲，

而完美的结尾啊结尾，

总是有一双老套鞋留在原地。

……"

袜子姐妹就这样出发了。

起初，她们被著名的青蛙收藏家看中——他除了收集露水还收集所有的袜子。

然后，她们结识了一只探亲的癞蛤蟆。他喜欢绿色的包袱胜过绿色的池塘。

接着，她们去了明星小姐鹭鸶家。教她在雨中转一百零一圈半的奥妙。

她们去了动物园，她们去了五十四层的大商店。

她们去了发出蘑菇烟雾的小船上。

她们是瓷花瓶的私人医生，鞋油铺子里的老管家。

她们遇到了一只小狮子。一只迷路的椰子壳的面具小狮子——当他的头昂起来是多么漂亮啊。他的棕毛毫无疑问，可是真正的椰丝啊！

……

"这个世界本来就是这样，

生活总是一首重复着旋律的歌曲……"

袜子姐妹渐渐明白了这句话的含义。

现在，她们越发想念那个不会下雨的城市，想念那对孤独而善良的套鞋夫妻，想念他们在一起度过的温馨的日子——当他们在一起踩着想象中的大雨和飞溅的水花，谁说他们不可以分享比真的大雨更加真实的快乐和温暖呢？

一阵风吹过来，又一阵风过来。

袜子姐妹就这样被卷到了空中，当她们飘浮着、俯视着整个城市和街道，她们突然感到从未有过的轻松和开朗，她们从来没有从这样的角度来看看这个身边的世界啊，它是那么美，那么值得留恋，那么触手可及——

可是，她们很快被吹到了河里。

在落水的那一瞬间，她们抓住了那只岸边的老树枝，那衰老和有力的身体让她们蓦地感到一种久违的温暖，她们想起套鞋老夫妻，想起他们用遥远的声音大声唱着：

"我们要开始踩水啦！

我们要在雨里转圈了！

我们要变成雨滴摔倒了！

……"

星期六：儿童剧场

套鞋夫妻更衰老了。

他们的手臂全是裂口，空气里都是干燥和孤独的想念。他们越来越沉默了，因为周围没有人知道，也没有人想知道他们为什么在这个永远也不下雨的城市定居。

那只老鞋柜也破旧不堪了。它被抬到了一个巨大的垃圾回收站边上。而套鞋夫妻也和它一起来到这里。他们再也没有自己的老公寓了，他们就这样站在露天底下默默地承受太阳的酷热以及飞虫的困扰。幸好他们还有回忆，那是任何苍蝇和蚊子都不允许

侵犯的，所以他们一直倔强地闭着眼睛，似乎只有这样，他们才能保持内心的尊严。

不知道过了多久，身边有了细碎的脚步声，和小小的铃铛声。一个孩子惊奇地声音响了起来：

"小——格——子～～～快来看，这里有什么？"

套鞋夫妻的心跳了起来，他们简直不敢相信自己的耳朵："小——格——子～～～"

多么熟悉的名字啊！

套鞋夫妻激动地睁开了眼睛，可是他们却没有看见那双熟悉的袜子姐妹！他们只看见两个黑头发的双胞胎女孩渐渐走近他们，突然其中一个兴奋地大叫着：

"天啦，一双真正的套鞋哦！"

"噢，噢，真棒！一级棒的道具！"

孩子们都围了过来，他们兴奋地叫着，用手托举起了套鞋夫妻，他们惊喜地传递着，他们的眼睛真亮啊，照在套鞋夫妻身上让他们觉得如此新鲜如此眩目！

套鞋夫妻稍微定了定神，当他们的眼光投向不远的地方，哦，他们看见什么了？

黑头发的双胞胎女孩正从远方的老树枝上轻轻地取下什么，她们按捺不住喜悦的心情，尖声叫起来：

"太好了！喔，喔，看啊，真正的，绒线编织的，真正的小袜子啊！"

就这样，袜子姐妹重新站在套鞋夫妻对面，他们什么都不用说，对于熟悉远方和此刻的人，他们只需要默默地彼此对望，胜过千言万语！

从今天起，套鞋夫妻和袜子姐妹都成为了孩子们戏剧里的一员。

在这个世界上，或许也只有他们最了解这个废弃的雨剧场里

各种游戏的规则，每当他们奔跑在这片荒芜的空地，每当星星们作为舞台灯光出现在夜空里，他们都会轻轻地靠在一起，他们用自己的体温，用自己一生的阅历对孩子们讲述那个古老而快乐的歌谣——

雨下吧，下吧

天上来的水啊

哗啦啦——

雨下吧下吧

地上来的水啊

吧嗒嗒——

雨下吧下吧

呜啦啦——

我们要开始踩水啦！

我们要在雨里转圈了！

我们要变成雨滴摔倒了！

 作家简介

萧萍，中国作家协会会员。教育学学士、文学硕士、戏剧学博士。现为上海师范大学人文与传播学院戏剧影视文学系副教授。创作涉及诗歌、小说、散文、童话及剧本，曾为美国儿童电视片《芝麻街》中国版编剧之一。主要作品有儿童小说《卜卜猫》、《米高的画书》、《非常男生卜卜 de 开心辞典》、《开心卜卜系列》，青春小说《青艾的歌剧》等。作品曾获陈伯吹儿童文学奖、冰心儿童文学新作奖。长篇儿童小说《非常男生卜卜 de 开心辞典》被选为团中央为中小学生推荐的一百种优秀图书。

王吹猪奇人奇事

● 杨老黑

阿皮的爷爷家在乡村牛屎凹。

阿皮从城里来到乡村爷爷家。

爷爷家养着一头大肥猪，大肥猪的名字叫尿窝。尿窝又肥又壮，躺在猪圈里像一扇门板。爷爷说，有千斤重的猪没有千斤重的牛，尿窝体重八百斤，比牛重。如此大的肥猪，不仅阿皮没见过，许多养了一辈子猪的乡下老农也没见过，他们都从老远赶来看尿窝，见了尿窝无不瞪大惊奇的眼睛，啧啧称叹尿窝为猪王。每到这时候，爷爷就十分得意，因为这猪王是他一手养大的。参观的人们赞叹过后便向爷爷讨教养猪的诀窍。爷爷毫不保留地介绍道："酒糟拌青草，一天三顿饱。"一天三顿饱，一天要三大筐鲜嫩的青草，这割草的任务就落在了阿皮的三个堂兄弟结实、牢棒和稳当的身上。结实、牢棒和稳当每天每人要割一筐猪草。阿皮和三个堂兄弟的年龄差不多，阿皮也加入了割猪草的队伍。

结实、牢棒、稳当、阿皮今天要到牛屎河大坝子上去割草，那儿的草肥又嫩，尿窝最爱吃。

阿皮第一次到乡下来，一切都是新鲜的，牛屎河大坝又高又宽，阿皮站在大坝上望着平静的牛屎河水，怎么也不相信它们能漫过大坝来。结实、牢棒和稳当告诉他，现在不是发洪水的时候，发洪水的时候，河水中的浪头有一丈多高，差不多与坝顶平齐，特大洪水甚至可以漫过土筑的大坝，这时候就要靠橡皮大坝

来防洪。

"橡皮大坝!?"阿皮问。

"是啊,由橡皮制的大坝。"结实、牢棒和稳当说。

橡皮大坝够新鲜的,阿皮听也没听说过,阿皮不相信有这等事,决定亲眼见识见识。

阿皮的三个堂兄弟把阿皮领到一个地方,这个地方是牛屎河的分水口,也是牛屎河防洪的险要处。他们指着坝顶上一个宽十几米,长一千余米,黑不溜秋,整个儿像一条大蛇脱下的蛇皮样的东西说:"这就是橡皮大坝。"

阿皮走上前去,用脚踩踩,又用手捏捏,那东西确是橡皮做的。但那爬在坝顶上的长蛇皮,弯弯曲曲、松松塌塌的,又怎么能防洪水呢?阿皮的堂兄弟们告诉他,现在当然不能防洪水,本来像皮大坝里面是充气的,充足气的大坝有三米多高,因为现在人们对防洪麻痹了,没有给它充气,就成了这个样子。

"要是洪水真的来了怎么办呢?"阿皮担心地问。

"这是我们管的事吗?"三个堂兄说。

他们再也不管大坝的事了,他们得赶紧割草。

夕阳落到河坝上大树的梢头时,四大筐草割好了,他们背着草筐返家。

阿皮和他的三个堂兄弟走在路上,背后的夕阳照射出一个巨大的人影投射在他们面前,吓了阿皮一跳。

"妈呀,是魔鬼吗!"阿皮叫道。

"不是魔鬼,是王吹猪。"阿皮的堂兄说。

阿皮和他的三个堂兄弟扭过脸来,果见一个大汉正朝他们走来。只见那大汉身高六尺,腰粗如沙缸,腿粗似水桶,胳膊粗如茶碗,手指头粗得像擀面杖,最奇的是那大汉的肚子,膘肥皮厚像倒扣着的一口大锅。那汉子皮肤黝黑,两眼如剥了皮的鸡蛋,满脸络腮胡子又粗又密,乍然看去像个恶煞的凶神。

那汉子大踏步地从阿皮他们身边走过去了，脚踏地时发出咚咚的声响。

"天呐，农村竟有这样的奇人，如果他参加相扑比赛，一定能把世界上所有的相扑运动员打败。"阿皮望着那大汉，出神地说。

"他不参加相扑比赛，他专门吹猪。"阿皮的堂兄说。

"吹猪——？"阿皮不明白。

"是啊，吹猪。"

"吹什么猪，吹我们家尿窝那样的猪吗？"阿皮听说过吹牛，还从没听说过吹猪。

"对，就是吹尿窝那样的猪。"

"吹猪——怎么吹？"

"先在猪腿上割一个小口，然后……"

"这怎么可能，猪怎么能吹呢？"

"就是……"

结实、牢棒和稳当七嘴八舌地说着，越说阿皮越糊涂，阿皮怎么也想不通为什么要吹猪，猪又怎么能吹这件事，看来也只好亲眼去见识见识。

结实、牢棒、稳当、阿皮把猪草背回家，阿皮就在结实、牢棒和稳当的带领下直奔王吹猪的屠宰场。

屠宰场是一个充满恐怖的大院子，阿皮都给看呆了，阿皮两眼发直，阿皮想要吐，阿皮心情沉痛地离开了王吹猪的屠宰场。

阿皮想到了尿窝，阿皮问他的堂兄弟：

"咱家的尿窝也会像刚才的大肥猪那样被打闷棒、放血、捅皮、吹得像气球一样吗？"

"那是当然。"

结实说。

"不仅被吹，而且吹时还会引来许多人观看，像看大戏一样热闹。"

胡萝卜先生的胡子

牢棒说。

"为什么？"

"因为咱家尿窝是咱方圆百里出了名的猪王，王吹猪早盯上咱家尿窝了，而且付了双倍的定金，只有咱家的尿窝才能显示他的本事。"

阿皮心里更不是滋味了。

阿皮回到家，立在猪圈前，给尿窝添了一把新鲜的猪草，眼泪禁不住地流了下来。

尿窝倒愣住了。尿窝停止了吃草，问阿皮："你小子怎么啦，出什么事啦？"

"我在为你伤心呢。"

阿皮说。

"为我？"尿窝瞪着一双小眼睛，一脸迷惑。

阿皮将他在王吹猪屠宰场里看到的情景告诉了尿窝。

尿窝一听反而笑起来。

"死到临头了，你怎么还笑？"这回轮到阿皮纳闷了。

"这事我早就知道了。"尿窝说，"我正要为这事请你帮忙呢。"

"什么，请我帮忙，难道你有什么逃命的办法？"阿皮问。

"有，你只要按我说的，把我的命令传给其他的猪就行了。"尿窝说。他又补充道："你必须多传，传得越多越好。"

"快把你的命令告诉我，只要能救你，我一定传给尽量多的猪。"阿皮说。

尿窝哼了起来：

哼——

哼——哼——

哼——哼——哼——

哼哼——哼

阿皮说："我让你告诉我你的命令，你瞎哼什么？"

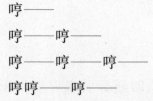

"这就是命令。"尿窝说，"这是猪语，你不懂的，但不要紧，你只要按我这样哼就行了，猪们都懂的。"

阿皮学着哼一遍：

哼——

哼——哼——

哼——哼——哼——

哼哼——哼——

阿皮记熟了，首先跑到大叔家的猪圈里，对着大叔家的花母猪哼了一通，大叔家的花母猪点头哼哼叫着，表示明白了猪王的指示。阿皮又跑到二叔家，对二叔家的大白猪哼哼一通，二叔家的大白猪也哼哼叫着表示明白了意思，阿皮又跑到三叔家、四叔家、邻居的猪圈里去哼哼，但阿皮跑了大半天才通知了十来头猪，这样的速度显然不够，阿皮请结实、牢棒、稳当来帮忙。结实、牢棒、稳当很乐意做这件事，但阿皮他们四个忙了半天，全镇子的猪们没有通知一半就引起了镇子上人们的注意，他们用狐疑的眼光瞅着四个怪小子，不解地问："你们几个臭小子，吃错了药是怎么的，对着猪瞎哼哼什么？"

结实、牢棒、稳当正要给他们解释清楚，阿皮灵机一动拦住了三个堂兄的话头，向人们解释说："你们知道我是能听懂猪语的，我听我们家的猪王尿窝说这几天要有一场大猪瘟，谁的猪也别想活命，除非教给它们念一则咒语。"这咒语就是：

哼——

哼——哼——

哼——哼——哼——

哼哼——哼——

人们都大惊失色，猪生瘟可不是好玩的，费一年工夫养大的一二百斤的大猪染上瘟病是没救的，一伸腿几千元钱就泡汤了。人们也不管这咒语是真是假，反正用嘴哼哼几下又不用本钱，大伙

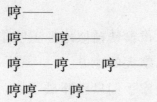

胡萝卜先生的胡子

儿都把这咒语记熟了，纷纷跑回家去，对着自己家的大猪去哼哼了。

这事一传十、十传百，比刮风还快，不久方圆百里的村庄都知道了这件事，猪王的命令仿佛一夜间走红的流行歌曲，男女老少，大人小孩逮住猪就是一阵哼哼哼——

尿窝对阿皮帮它传令这件事挺满意，尿窝说："你干得漂亮，明天就有好戏看了。"

第二天一大早，阿皮还没有起床就被一片嘈杂的说话声惊醒了。阿皮以为好戏开始了，爬起来跑到猪圈一看，王吹猪和手下几十位屠宰手正围着尿窝谈论着什么。他们今天准备屠宰尿窝，王吹猪今天要大显身手了，还特意换上一身引人注目的黑缎子屠宰衣，穿上了黑衣的王吹猪更像一个凶神恶煞的魔鬼。由于尿窝太大了，吹猪和他的屠宰手们正在七嘴八舌地商量着怎样才能使尿窝就犯。

阿皮心里开始替尿窝着急。阿皮想：尿窝啊尿窝，你的命令怎么一点用不管呢？

尿窝舒服地躺在尿屎窝里，对眼前的危险仿佛视而不见，一副成竹在胸的样子。

倒是王吹猪觉得有什么不对劲了，王吹猪的眼睛瞅着不远处的村口，脸上显出恐怖的神情。

阿皮循着王吹猪的目光向村口望去，阿皮也大吃一惊。

成群结队、大大小小、黑的白的、瘦的肥的、公的母的不计其数的猪们密密麻麻、黑黑压压，像雨天搬家的蚁群一样从四面八方蜂拥而来。

猪群密不透风，像箍铁桶似地把王吹猪和他的屠宰手们围在了阿皮家猪圈那块巴掌大的地方。

王吹猪和他的屠宰手们早已吓破了胆，个个脸色铁青，浑身战栗如筛糠，一步步往后退。

猪们全都怒瞪圆眼，龇开獠牙，哼哼怪叫，步步紧逼，那架势就是要把王吹猪和他的屠宰手们撕成肉泥。

王吹猪扑通跪倒在尿窝面前，磕头如捣蒜，哀求道："猪爷，求求你，饶了我们的狗命！"

尿窝舒服地躺在尿屎窝里，连眼睛都不看他。

王吹猪掉头跪在阿皮面前，头磕得砰砰砰响说："阿皮爷，你会猪语，求你替我求求情！"

阿皮本不想理他，可看他那可怜样，再说人家已叫爷了，还有什么话说呢，就把他的意思翻译给尿窝。

尿窝依旧舒服地躺着，听完阿皮的翻译，哼哼了两声。

阿皮告诉王吹猪，猪王说：

"饶了你们几条狗命可以，但有两个条件！"

"啥条件都成！"王吹猪赶紧表态。

阿皮宣布条件：

第一，永远不再吹猪。

王吹猪指天发誓道："从今以后，永生永世不再吹猪，让吹猪的手艺绝传！"

第二，最后再吹一回。

王吹猪一听吓了一跳，又赶紧磕头说："不敢！不敢再吹了！"

阿皮说："不是让你吹猪，你怕啥。"

"那，吹什么？"王吹猪越发糊涂了。

"吹大坝。"阿皮说。

王吹猪明白了，猪王是让他吹牛屎河边那泄了气的橡皮防洪大坝。

"这招儿真够损的！"王吹猪心里说，但他不敢不吹，就点头答应了。

阿皮将王吹猪的态度翻译给尿窝，尿窝总算满意了。尿窝伸个懒腰站起身来，朝众猪拱拱嘴，吼叫了一声。

众猪们顿时收了狰狞的面容，悄悄退去，各回各家了。

王吹猪在众人的簇拥下朝牛屎河岸走去。

王吹猪趴在橡皮大坝前，把嘴对准橡皮大坝的充气口，开始吹大坝。

王吹猪整整吹了一上午，那大坝一点动静不见。

王吹猪吹累了，回家吃顿午饭，歇一会儿又来到大坝前，又吹了一下午，大坝依然如初。

王吹猪连吹了三天，大坝还是那样儿。王吹猪估计这大坝不是一天半天、一月半月能吹起来的，必须做长远的打算，这样来回往家跑太耽误功夫，于是干脆在大坝前搭了一间茅草屋，搬来锅灶，除一日三餐外，其余的时间就是吹大坝。

王吹猪吹了整整一个春天，整整一个夏天，整整一个秋天，整整一个冬天，终于把大坝吹了起来。这时的王吹猪也早不见了先前那副凶神恶煞般的模样，王吹猪成了一个黑瘦的汉子，眉宇间显现出普通农人的一团和气。

充满气的大坝横卧在牛屎凹河岸，像一条黑色的长龙，煞是壮观。

这一年，牛屎凹遭遇了百年罕见的大洪水，但牛屎凹安然无恙，这都是托橡皮大坝的福，橡皮大坝如一座钢铁长城，把肆虐的洪水挡在了镇子外。

大洪水中，牛屎凹几乎没有什么损失。唯一的损失是：阿皮家的尿窝不见了。

阿皮一家和整个牛屎凹都在思念尿窝，盼望着它早日归来。

作家简介

杨老黑，著名儿童文学作家，《儿童文学》杂志基金奖、冰心儿童文学新作奖、全国侦破小说大赛金奖、公安部金盾文学一等奖获得者。长期战斗在刑事侦查工作第一线，曾任刑事技术员、侦查员、刑警大队长等职。

1、2、3 木头人

● 段立欣

1

如果你老爸变成了木头人，你该怎么办？打110、119、120还是114？我想，大概这些电话都管不了老爸变成木头人这种事情吧？

其实我就是在父亲节这天和老爸玩了一个游戏，想让他回忆一下童年。

我大喊着："1、2、3木头人，不许说话不许动！"跳起来拍了他的肩膀一下。老爸就真的站在原地不动了。

开始我以为老爸是在和我逗着玩，可我用鸡毛捅了捅他的鼻孔，拿香烟和打火机在他眼前晃了又晃，还故意弄响了他的手机，他还是一动不动。

"老爸，你别吓唬我啊！"我去拉老爸的手，"今天是父亲节，又不是愚人节。"

这时我才确定，老爸根本不是吓唬我：因为我摸到他的手，像我们家大门上的木把手一样。

这下我可傻眼了，抱着电话想，该向谁求救呢？老妈在外地出差，我总不能打电话说："老妈，快回来救救老爸，他变成木头人了，脸上还有树木的年轮呢！"

这也太不真实了。可真实的情况就是：我的老爸，真的变成

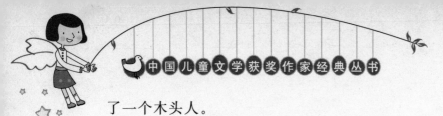

了一个木头人。

2

我决定亲自带着木头人老爸去求医，就像我小时候生病，老爸背着我去医院一样。

可事实总没有想象的那么简单。别看我一顿能吃八个包子，可我使出了吃包子的力气，还是背不动大榆树一样沉的木头人老爸。

"谁发明的游戏呀？凭什么木头人就不许说话不许动了。"我坐在地上抱怨着。话音刚落，就听到嘎嘣、嘎嘣，像老师用教鞭敲讲桌的声音。原来是我的木头人老爸，正迈着正步向前走呢！

"老爸，站住！"我大喊一声，可惜晚了一步，木头人老爸已经走出家门了。

3

木头人老爸嘎嘣、嘎嘣地刚走到楼下，正遇上邻居王奶奶说："能帮我把白菜搬上楼吗？"老爸"咯吱"，敬了个礼，迈着木头腿，嘎嘣嘎嘣，一趟又一趟，把 300 棵大白菜搬上了五楼。

"老爸，快休息休息。"我心疼地看着老爸，端来他最爱喝的龙井茶。他的木头手刚伸过来，我又把伸出的茶杯撤了回来。

"不行，木头人喝水会受潮，受潮就会开裂。"我脑子飞快运转着，如果老爸的肚皮上裂开一条像科罗拉多大峡谷一样的大缝，那这个父亲节，他不是会吃饭漏饭、喝水漏水了？那简直太痛苦了。

我正思考着，电话铃响了起来。

4

木头人老爸也太听话了，明明说好父亲节放假一天，可老板在电话里哇哇哇，木头人老爸就嗯嗯嗯。

放下电话的老爸坐到电脑前，嘎嘣嘎嘣，用他不太好使的、

僵硬的木头手开始加班了。

这一坐就是两个钟头，木头人果然是木头人，老爸连脖子都没动一下。我一会给他扇扇风，一会给他揉揉肩，可这些孝顺的方式好像都不太奏效。

终于完成了工作，我听到木头人老爸的脖子"咯吱"一声，大概是直立的时间太久，扭住筋了。

接下来木头人老爸帮张爷爷垒狗屋，给李叔叔擦车，在街道赵大娘的指挥下，刷了居委会的整间屋子，累得几乎散了架。

5

不行，在老爸散架之前我要救救他。

我拉着木头人老爸跑到学校，嘎嘣嘎嘣，老师一定有办法。

找哪个老师呢？我站在学校走廊里想了想，最后决定找自然老师，因为木头人是木头做的，而木头又是树木，那么关于树木的问题当然要找自然老师了。

"自然老师，救救我老爸吧。"我指着站得直直的老爸说："他变成木头人了。"

"这个……"自然老师拿放大镜观察了一下老爸脸上的年轮，"从纹理上看，你老爸大概有 90 岁了。你想让我怎么帮他呢？"

"当然是让他复活！"我紧张地说。

自然老师沉思了一下，"嗯，这好办！"

就在我还处在欣喜中的时候，忽然听到"哗啦啦"的水声。低头一看，天哪，自然老师正在往木头人老爸的脚上浇水？

"您……"我惊讶地看着老爸的头顶，上面已经长出了七八片绿叶。

"您做了什么？"

"浇水呀。"自然老师自信地说："你看，老树发新芽，这说明他复活了！"

胡萝卜先生的胡子

"不!"我大叫着拉着木头人老爸跑出学校,我可不要一个头上长绿叶的老爸。

6

谁能来救救我的老爸,今天可是父亲节,我可怜的老爸在父亲节变成了木头人。

对了,科学家。

科学家伯伯果然很严谨,他翻出了一大摞的书,有生物学,有植物学,有人体学,有鲁班学,有 UFO 学,还有神秘木乃伊学……

"关于你父亲的这种情况嘛……"科学家伯伯推推眼镜说:"需要研究,研究这个东西吧,需要略微花些时间。"

"好啊,好啊,反正今天我老爸休息。"我把木头人老爸往前推了推。

"那好,就把你父亲留在这里让我们研究研究吧。"科学家伯伯说:"最多十年,一定会研究出结果的。"

十年?我还是带着老爸回家吧。

7

回家的路上,我又想到一个人,童话作家。

童话作家摸摸我老爸的鼻子说:"匹诺曹的童话里写得很清楚,不撒谎就可以变成人类。"

"可是",我肯定地说:"我老爸不是因为撒谎才变成木头人的呀?"

"没有撒谎?"童话作家说:"那就不好办了,因为童话书里只写到这些。等我写出匹诺曹的后传,再来告诉你怎么办。"

我本来只是想和老爸玩个游戏,让他回味一下童年的,可哪曾想……我越想越伤心,越想越难过。一直到回到家里,还是没想出该怎么让木头人老爸恢复正常。

我拿着给老爸准备的父亲节蛋糕，看着站得像电线杆子一样直的老爸，眼泪快要流下来了。

"老爸，虽然你变成了木头人，但你永远是我最亲爱的老爸。"我含着眼泪为老爸点燃了蛋糕上的蜡烛……

紧接着，我就听见"咚"的一声，木头人老爸竟然直直地跌倒了。不不，准确地说应该是直直地晕倒了，因为我看到他的木头眼睛里，全是一圈圈向里旋转着的螺旋形条纹。

对呀，我忘记了，木头人是最怕火的，难怪木头人老爸一看到火苗，就吓得晕了过去呢！

不过老话说得好：塞翁失马，焉知非福。一分钟过后，老爸伸了个懒腰，打了个哈欠，从地上站了起来："我怎么躺在地上？怎么浑身酸痛呢？"他活动一下肩膀。

事实证明，晕倒后又苏醒的老爸，就像电脑出现了系统故障，重新开机了一样，一切都恢复了正常。

"老爸，你终于复活了。"我欣喜若狂地冲上前去给了老爸一个大大的拥抱。

"我不过是跌到了一下而已。"老爸感慨道："父亲节果然很特别呀！"

"没错。"我切了一块蛋糕递给老爸，"每个人的老爸在父亲节这天，都会格外地与众不同！"

所以，父亲节这天你要注意观察你的老爸哦，说不定他有更奇妙的变化呢！

 作家简介

段立欣，曾任广东《少男少女》杂志首席编辑，现任《中国

103

少年报》编辑、记者，对少儿心理有着深入独到的见解，其作品深受青少年读者喜爱。9岁开始发表文章，17岁出版第一本童话集《种太阳》。此后出版过《稀里古怪饭馆》、《米南博士》、《315男生寝室》、《爷爷的荒诞事》等近十本童话作品。曾获得过内蒙古文学最高奖"索仑嘎"文学奖、冰心新人新作奖、第十三届中国新闻奖、第六届中国少儿报刊一等奖等。参与了中央电视台动画片《可乐岛》的编剧工作、中国木偶剧院木偶剧《酷宝宝迎奥运》的木偶剧本创作、中影科视的365集木偶动画片《新十万个为什么》的编剧等。

万色人

● 黄春华

在无边无际的宇宙之中，有无数星球存在，然而，有生命的星球并不算多。

地球可算是其中的一个佼佼者，那上面不仅有适宜的温度、松软的土壤，还有生命循环必不可少的气体。这已经不是什么秘密，许多星球的生命都对地球做过实地考察，他们一致认为地球是群体迁移的最佳去处。

万色星球更是对地球垂涎三尺，他们已经学着地球人一样，将自己的生命体称作万色人。

万色人的科技至少领先地球人一百万年，他们能够自如地控制生命的机能，说明白一点，就是可以让每个人长生不死。正因为如此，万色人口有增无减，各种资源严重缺欠，自然环境破坏得已经不适合生命存在了，向宇宙扩张成了他们的当务之急。

地球人原本想考察一下其他星球，将人类向外扩张一下，没料到计划才实施了一半，外星球的人就开始攻击他们了。为首的当然是万色人。

战局十分紧张，地球人的护卫队日夜坚守在第一线，浴血奋战。但由于武器功能悬殊，地球人伤亡严重，成排的精锐部队从空中坠落下来。战地医院床位奇缺，手术室的医生哈德和同事们忙得眼皮都没工夫眨，还是顾此失彼。

哈德不懂军事，但有一次他还是忍不住问一名轻伤员："就

胡萝卜先生的胡子

算我们的武器比他们落后，也不至于是这种局面呀！这到底是怎么回事？"

伤员神秘地笑了一下，让哈德俯耳过来："万色人能自如地改变自己的外形，他们全部变成地球人的模样，所以，我们无从开火。这才是最要命的。"

哈德吃了一惊："这样一来，我们就无法区分敌我了，那不是等着挨打吗？"

就在这时，又一名重伤员送进了手术室。哈德医生不得不中断谈话，操刀上台。

伤员胸口流血不止，哈德医生用十斤一个的输血袋整整接了三袋。天啦！这人在失血最少为三十斤之后，居然还活了过来。他体内的血几乎流光，哈德在紧急输血的时候，遇到了一个难题：验血时，这人的血型和所有的已知血型都不符。情急之下，哈德只好给他输入万能血型 O 型血。但在输血后不到两分钟，病人就抽搐而亡。

在战争中死个把人，没人会在意，但哈德医生却对这一特殊病例产生了好奇。首先，他觉得一般人体内不会有那么多血；其次，那血型从没见过，而且对 O 型血非常排斥。莫非他是……

哈德没敢多想，把那三袋血悄悄收藏起来。

不久后的一天，一位伤员刚送上手术台，心脏就停止了跳动。哈德准备放弃，索夫将军将他堵在门口："你必须救活他，他是全球战斗英雄雷诺，你懂吗？我要活的！"

哈德望着索夫凶狠的目光，浑身抖动了一下。他不敢违抗，只好回到手术室。这时，所有的人都走光了，他独自端详着死人的脸，突然闪现一个奇怪的想法：对，只有试试看了。

一个小时之后，手术台上的雷诺死而复生。索夫将军授予哈德"地球英雄"勋章，哈德医生妙手回春的医术在医学界引起轰动，他的美名也在一夜之间传遍全球。

从此以后，那些在地球保卫战中受伤的重要人物，全部送到哈德的手术台上。哈德不负众望，凡是他经手的伤员，无论伤口多么严重，都会奇迹般地恢复，而且又快又好。

和哈德一起上台的护士也一个个惊讶得张大嘴巴，不知道这是怎么回事。因为哈德医生以前医术尽管高明，但也有一定的死亡率，他现在所做的事，简直就不是一个常人能够做到的。

哈德确实不是一个常人，这在以后的事件中得到证明。

不久之后，就出现了一种怪事：地球护卫队内部出现自相残杀的现象，一开始大家还以为是万色人混进来了，可抓住凶手一看，都是老队员，其中就有英雄雷诺。这在地球上引起了又一阵恐慌。索夫将军一边命令缉拿凶手，一边请求地球联合调查局尽快查明此事真相。

地球联合调查局经过周密调查分析，发现了一个惊人的秘密：这些人都是经哈德医生治疗过的。

疑团集中到哈德医生身上，哈德医生被"请"进了调查局。

哈德一听，悔恨交加，开始讲述自己的秘密："有一次，在一个病人身上流出了一种特殊的血，与地球人的所有血型都不相同。我想那是万色星球人的血，就悄悄收藏起来，等有空了好好研究一下。后来，索夫将军命令我一定要救活雷诺。那时，雷诺已经死了，我没有任何办法，抱着试一试的想法，就给雷诺注射了一点万色人的血，没想到他竟奇迹般地活了过来。"

"没错，雷诺后来疯狂地杀人，至少有两百名地球护卫队员死在他手中。"调查局长话里带刺。

哈德惊了一下："我确实不知道会有这种后果，我只以为那种血能起死回生，我和大家一样兴奋。但为了保住我的威信，我没有泄露这个秘密，让所有的人都误以为我是真的医术过人。每次手术的时候，我就自己准备一个小注射器，以各种隐蔽的方式将那种特殊的血注射到病人体内。就这样，他们一个个奇迹般地

康复……"

调查局长突然冲到哈德面前，一把抓住他的衣领："说说，有多少人？"

哈德有点喘不过气，挣扎了一下，没用，局长一松手，哈德就捂住脖子剧烈地咳嗽："大，大约，一，一千……"

局长甩手给了哈德一耳光，火都快把眉毛烧着了。不过，他马上又想起了什么，问："你怎么知道那种血是万色人的？而且还派上这么大的用场！哈哈，我倒要看看你是什么血型。"

哈德捂着脸，紧张地后退两步："你，你是什么意思？"

局长没再说什么，一挥手，几个人一拥而上，将哈德按倒在地，哈德怎么挣扎喊叫都没有用。然后，他们在他身上抽了一针管血样。

验血报告很快就出来了，让人震惊的是，哈德的血型与地球人的任何血型都不相同。

局长等着看好戏。

没想到哈德格外平静，他现在手上已经多了一副手铐："谢谢你们提醒了我，我都差点忘了我是万色人。那是多少万年以前，我真的记不起来了。那时，万色人的一支考查队来到地球，我也是其中一员，要带几个地球人回去做解剖实验。他们选中了一位美丽的姑娘，可不知为什么，在一瞬间，我爱上了她。后来我带她逃了出来，并和她结了婚。"

局长拍手叫好："你终于找到了一个证明人，那你的那位美丽的姑娘在哪里？"

"我把她埋在一座高山上，后来，那座山沉到了海底。"

"精彩！我现在也准备将你沉到海底，如何？"

"不，不！"哈德连连摆手。

"但你必须死，你知道吗？"

"我知道我最担心的事情终于到来了。多少万年以来，我一

直努力地做一个地球人，而且做得不错。可惜没有人能见证，因为我的生命是你们无法想象的长，我无法说清这一切，但我想告诉你们，我深深地爱着地球人。我还有最后一个愿望：万色人少量的血注入地球人体内，可将他们同化，这一点我现在已经知道了。但我还想知道地球人少量的血注入万色人体内会是什么结果。"

"你就没必要操这么多心了吧？"

"不，这很重要，对地球人。"哈德几乎是在请求。

"就让他做最后一次试验吧。"索夫将军突然从监视室里走了过来。

哈德戴着手铐为自己注射了一点地球人的血，片刻之后，他就浑身抽搐起来。他断断续续地说："很，很好，一点血就，就能要我的命。地球人终于找，找到了打败万色人的方法……"

哈德永远闭上了双眼，嘴角挂着一丝微笑。

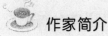

作家简介

黄春华，中国作家协会会员，湖北省作家协会签约作家，湖北省少儿工作委员会副秘书长，鲁迅文学院第七届高级研讨班学员。1995 年开始发表作品，从事儿童文学创作，至今有两百多万字问世。出版长篇小说《比大白兔还要怪》、《男子汉，臭豆腐》、《杨梅》、《一滴泪珠掰两瓣》、《只有爱不能分开》、《手心里的阳光》等十多部作品。2007 年获冰心儿童文学奖、连续三届获武汉市文艺基金奖、三次获湖北省楚天文艺奖、三次获《儿童文学》杂志年度奖、一次《巨人》杂志年度最受欢迎作品奖、湖北省金蕾奖、全国青年儿童文学奖等。2007 年由《儿童文学》和搜狐举办的读者评选全国十大最受欢迎的作家，名列第五。

新龟兔赛跑

● 黄春华

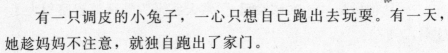

　　有一只调皮的小兔子，一心只想自己跑出去玩耍。有一天，她趁妈妈不注意，就独自跑出了家门。

　　她在山脚下转了两圈，突发奇想：这座山这么高，山的那一边会是什么样子呢？这回非要过去看个明白。这样想着，她就不顾一切地向山顶跑去。

　　小兔子用了一天一夜的时间，终于翻过了高山，来到山脚下的时候，她已经又饿又累，腿一软，扑通一声倒在地上，骨碌一下滚进了一条小溪中。溪水不大，但小兔子已经没有力量挣扎，眼看就要淹死了。突然，小兔感觉自己的身子被一块硬东西托了起来，向岸边漂去，等上了岸，她才发现是一只小乌龟。

　　乌龟个子很小，把小兔子托上岸后累得气喘吁吁。可是，他并没有叫累，很快为小兔找来了一些吃的东西。

　　小兔子吃饱了肚子，恢复了体力，就想起自己已经离开妈妈很久了，一不注意就哭了起来。

　　小乌龟羞了她两下，说："这么大的个子，还哭鼻子，我这么小都从不哭呢。"

　　小兔子哑然停住，想了想，说："你懂什么呀？我到处找人和我比赛跑步，可没一个敢和我比，我好孤独哟，孤独，你懂吗？"

　　小乌龟点点头，说："我从生下来就没见过我的爸爸妈妈，我一直是一个人长大，什么是孤独，我很清楚。"

小兔子一听小乌龟这么可怜，伤心得又差点哭出声来。

小乌龟说："只要你能每天陪我玩，我就不会觉得孤独了。"

小兔子使劲点点头，于是，他们成了好朋友，在一起快乐地玩耍。白天玩得快活，可是一到晚上，小兔子就特别想妈妈，想着想着就暗自流眼泪。她想和小乌龟道别，又不忍心。后来她终于想出了一个好办法：她决定和小乌龟赛跑，从山这边跑到山那边。那样，她就可以回家了，小乌龟嘛，一定会在半山腰折回来。这样一来，他也不会太伤心了。主意一定，小兔子美美地睡了一觉。

第二天一早，小兔子就对小乌龟说："我们来比赛跑步吧，终点是山那一边的脚下，那里是我的家。"

"我，我"，小乌龟的脸一下红了，"你是在取笑我吧，我哪跑得过你呢？"

小兔子愣了一下，心想也是，但她还是笑着说："比赛嘛，总有个输赢，你只要有足够的毅力，就一定能够到达终点。再说了，你是我最好的朋友，你不肯和我比赛，我又会觉得孤独的。"说着，小兔就装出一副要哭的样子。

小乌龟不忍心，就说："好吧，那我们就比吧。"

小兔子高兴极了，说："好，如果我先到，就让妈妈做好多好吃的东西等着你。"

小乌龟说："好，等我赶到，我要亲手为你颁发冠军奖章。"

就这样，一场实力悬殊的赛跑开始了。一声号令之后，没多久，小兔子就跑没影了。小乌龟羡慕地望了望前面扬起的一道灰尘，然后，埋头向前爬去。

小乌龟还从来没有离开过小溪，当他爬出十几米远的时候，他回头望，觉得已经很遥远了，他忽然觉得心里一阵心慌。但他在心里安慰自己：别紧张，这不过是一次出游，男子汉总要走很远的路，回来之后就长大了。于是，他对小溪大声喊："小溪，我

走了，出去玩一趟，我会回来的！"小溪用哗哗的流水做了回答。

小乌龟的个子太小了，每一个土包都会挡住他的去路。他和土包较量，不停地划动四肢，甚至连脑袋也用上，有时还是不免会滑下来。滑下来不怕，他可以重新往上爬，最怕的就是掉下来的时候四脚朝天，那样，他往往要积蓄好半天的力量，才能勉强把身体翻过来。他的手脚和脑袋都布满了血迹，但他毫不在意，因为他一心想着要把比赛进行到底。

爬呀爬呀，不知爬了多少个日日夜夜，小乌龟回头望的时候，山脚下的小溪已经变成了一条细细的带子。他抬头向前望，还是望不到山顶。就在这时，一个大土包挡住了去路，他用足力气往上爬，没有成功。再爬，更惨，他掉下来的时候，正好四脚朝天。他想翻身，可四周光秃秃的，连一点可以抓的东西也没有，他徒劳地试了几次，除了把自己弄得精疲力竭之外，什么结果也没有。

天黑了，小乌龟仰望着天上的星星，不禁流下了泪，他很害怕：万一自己就这样永世不得翻身，那可怎么办？

他累极了，也困极了，不一会儿，就睡着了。早上的太阳照在他眼角的泪珠上的时候，他感觉热热的，睁开眼睛，发现世界仍然是倒立的。这时，他看见一只倒立的刺猬向这边爬来，他连忙喊："刺猬大哥，快来帮帮我！"

刺猬跑过来一看："哟，这不是山脚下的小乌龟吗？怎么跑到半山腰来晒太阳？"说着，就把小乌龟推了起来。

小乌龟拍了拍身上的尘土，把自己和小兔子赛跑的事讲了一遍。刺猬听完哈哈大笑，说："几个月以前，我就看见小兔子跑过去了，她的速度可快了，别说你，连我也没资格和她比赛跑步呢。你还是回你的小溪里面玩耍去吧！"

"这，这"，小乌龟摸着小脑袋，"可是，我答应过为她颁发奖章的，我一定得去呀！"

刺猬摇了摇头，说："你一定是吃错了什么药，好吧，你爱怎么样就怎么样吧，反正我也管不着你。"

于是，小乌龟又继续向山顶爬去。快到山顶的时候，空气一天比一天寒冷，小乌龟的四肢被冻得红肿疼痛，但他还是不停地往前爬呀爬。

这一天，一只火红的狐狸挡住了去路，小乌龟吓了一跳，他从没见过这样的怪物，以为自己要丢命了。

谁知狐狸并不伤害他，而是警告他说："小乌龟，你再往上爬会被冻成冰棍的，而且冰层会好多年不化。你快下山吧，趁现在还来得及。"

小乌龟见狐狸没有恶意，就大着胆子说："我在和小兔赛跑，我答应过去给她颁发奖章的。"

"那只是个玩笑，"狐狸狂笑起来，"我敢说小兔子从一开始就没把你当作对手，而且也不会指望你去给她发什么奖章。"

"真的吗？"小乌龟有点伤心，"那我更要过去了，我得当面问问她，为什么要和我开这样的玩笑？"

狐狸的一片好心没用上，气得差点儿晕倒，他举起双手投降，说："好，你猛，我服了你。这样吧，你如果遇到什么危险，就连叫三声'狐狸狐狸快救我'，我就会来救你。"

小乌龟谢过狐狸，又上路了。越往山顶爬，风就越大，刺骨地冷。小乌龟没有松劲，他爬呀爬，终于爬到了山顶。他再也不能继续前行了，因为山顶上下起了暴风雪，寒风吹得他满地打滚。他找到一块石头，躲在后面，才勉强避开了寒风的袭击。一旦停止前进，他就感受到又冷又饿，头还烫得要命，他发烧了。迷迷糊糊地，他睡着了。

不知过了多久，小乌龟睁开眼睛的时候，发现自己被冻在了深深的冰层里，果然不出狐狸所料，他成了冰棍。透过冰层，他望着外面的天空，觉得十分遥远。他怀疑自己会不会死，一阵恐

胡萝卜先生的胡子

惧掠过，他想叫"狐狸狐狸快救我"，可是嘴巴怎么也张不开。在求助无门的时候，他只好静下心来想自己的事情，想着想着，就想到了小兔子。小兔子是不是一直等着自己去为他颁发奖章？是不是准备了很多好吃的东西？想到吃的东西，小乌龟的口水都流了出来，口水一出来，嘴边上的冰就化了。他发现自己的嘴能动了，就连喊三声："狐狸狐狸快救我！"

狐狸赶到之后，也没有更好的办法，只好用自己的身子贴住冰，让冰融化。不一会儿，狐狸就冻得不行了，站起来跑上几圈，等身子发热了，再趴下来让冰融化。

小乌龟很感动，隔着冰层说："狐狸先生，我真不知道该怎么报答你！"

"你早听我的，不就没这回事了？"狐狸生气地说，"看你还听不听我的！出来之后赶紧回到你的小溪里去，哪儿凉快哪儿呆着，别到这里来添乱。"

"可是，这里最凉快呀。"小乌龟故意这样说。狐狸被他的幽默逗乐了。

狐狸把小乌龟救出来的时候，自己浑身冻得直发抖。小乌龟刚想对他说些感激的话，却被他伸手挡住，他说："现在有两条路你可以走，向前，或者向后。"

小乌龟没有犹豫，向前爬去，爬出几步，他回头对狐狸说："我已经经历过死亡，现在什么都不怕了。"

望着小乌龟的背影，狐狸高声喊："我还是头一次看到一只小乌龟翻越这座高山呢。"

下山的路就走得快多了，因为很多时候，小乌龟都是将头和四肢缩到壳里，直接往下滚。等他连滚带爬地来到山脚下的时候，他看见一只小兔子正在玩耍。

他上前说："小兔子，我来了，让我为你颁发奖章吧。"

小兔子奇怪地看着他，愣了好半天，才说："你认错人了，

你要找的是我妈妈，我妈妈告诉过我，关于你们赛跑的事，她一直责怪自己不该欺骗你。"

"哈，她没有欺骗我，我不是跑来了吗？"小乌龟很得意，"快告诉我，她在哪里？让她赶紧为我准备好吃的，这可是她的诺言呢。"

"可是，她不能为你做吃的。"

"为什么？"

"你看见那个坟堆了吗？她就躺在里面。"

小乌龟一下傻眼了，他呆呆地站在原地，不知如何是好。

小兔跑进屋里，拿出一块奖章，说："妈妈临死前把这块奖章给我，说她多么希望那只小乌龟能来为她颁奖！"

"她得了什么病吗？"

"不，她是因为衰老而死。"

"噢——"小乌龟忽然明白自己已经不再是小孩子了，他接过奖章，走到坟前，郑重地将它放在坟头上，说："老朋友，我终于能为你颁发奖章了！"话未说完，泪水就喷涌而出。

小乌龟，不，老乌龟没作太多停留，告别了小兔子，又向山上爬去。

胡萝卜先生的胡子

快乐猴子

● 黄春华

这是一个最富足的国家，人们几乎什么都不缺。

可是，大街上，很难看到一张笑脸。几乎每个人都是愁眉苦脸的，他们每天吃最好的，穿最好的，用最好的，习惯了，已经没有什么能给他们带来快乐。

他们的内心却急需快乐，大家甚至已经集体给总统写了信，限总统十日之内给大家带来快乐，要不然，总统就是最不受欢迎的人，甚至还有下台的可能。总统为这事，也把额头愁出了一个大疙瘩。

总统这两天一直在唉声叹气，他觉得自己实在冤枉，自从上任以来，他没日没夜地工作，为国家做出了突出贡献，给人民带来了丰厚的物资享受，可他做梦也没想到，人民会为"快乐"这看不见摸不着的东西和他过不去。快乐、快乐，说来轻巧，他自己都没有快乐，拿什么给人民快乐？

这天，中央广场突然围满了人，不是集会，也不是游行示威，更不是打架斗殴——人们在围观一只猴子。这只猴子个头很高，几乎和一个人一样高，浑身毛茸茸黄灿灿的，漂亮极了，还不停地表演滑稽动作。

这都不是引人注意的理由，人们真正好奇的是，它是一只会说话的猴子。它每做一个滑稽动作，就会为自己来一段解说词，逗得人们前仰后合。比如它来个前滚翻，动作不太标准，正是因

为不标准才让人发笑。它做完之后，会解说，但它不说"前滚翻"，却说"向前滚"。它如果是双手着地两脚朝天倒立，它不说它在"倒立"，而说"人们都倒过来了"……

它不仅会说话，还会唱歌呢！它如果不忙着表演，就会给大家唱歌，唱什么"你要快乐吗？请到我这儿来，跟着我唱歌，跟着我摇摆，放弃拥有的，得到更多的……"

不知不觉，人们也跟着它唱，"放弃拥有的，得到更多的"……慢慢地，人们似乎开始明白快乐的道理了。

猴子这时又说话了，它一边模仿歌星的动作挥动着手，一边喊："大家来跟我跳舞，好吗？"

"好——"

猴子开始摇摇头扭扭屁股伸伸胳膊弯弯腰，动作还是那么滑稽，可人们已经忍不住跟着做了起来。

还别说，人们这一做，真的觉得很快乐，于是，越来越多的人涌入广场，跟着跳舞。人群密密麻麻，一直延伸到了大街，还在往更远的地方延伸。据说不到两天，全国人民都跟着跳起舞来。

猴子跳舞没完没了，人们也没日没夜地跟着跳，谁也不觉得累，因为大家越跳越快乐。

猴子也想得很周到，它怕大家饿，就准备了一种口香糖，就叫"快乐牌"。每人发一块，大家只要嚼着快乐牌口香糖，就不会感到饿。

人们自从迷上了跳舞，就不再上班了，全国上下，各个单位都关门了，国家几乎处于瘫痪状态。

这可急坏了总统，他跑到广场上用最高音量的喇叭喊话，让大家回去上班。可是，任他喊破喉咙，也没有一个人理他。他急得满头大汗，只好艰难地拨开人群，来到猴子面前。他气急败坏地指着猴子的屁股，说："停！停！你这样扭来扭去，想把我们国家扭垮吗？赶紧滚！"

胡萝卜先生的胡子

　　猴子不慌不忙地停止扭动，指了指扭动不止的人们，说："你看看，我不扭，他们一样会扭下去。现在不是你说了算，也不是我说了算。况且，我给大家带来的是快乐，你能做到吗？你有什么资格指责我？"

　　大家一听这话，都跟着喊起来："是啊！你为什么要赶它走？是它给我们带来了快乐！"

　　总统一看大家都很愤怒，就不敢作声了。

　　猴子却笑了，说："我好像记得大家限你十日之内给大家带来快乐的吧？你做到了吗？"

　　"没有！""我们不欢迎他！""让他下台！"……人们的喊声一浪高过一浪。总统冷汗直流，他最终还是没有逃脱下台的结局。

　　没有了总统，大家跳得更尽情了。可是，国不可一日无君。猴子就一边扭屁股一边问大家："谁可以做新总统呀？"

　　大家也一边扭一边喊："你！只有你！尊敬的猴子！"

　　猴子进了总统府，把原来的总统一脚踢了出来。从此，它坐镇天下，开始掌管国家。

　　人们还在跳舞，跳呀跳呀，最后终于跳厌了，就又有人来面见总统，说："我们跳舞也不快乐了，你还有别的办法吗？"

　　猴子总统笑了一下，说："有，有，包你们满意，快乐似神仙。从这里往西一直走，约莫十万八千里，有一个原始森林，那里空气清新，环境优美，谁住在那里都会快乐无比。"

　　大家一听，如获至宝，赶紧启程，纷纷启用最先进的飞行工具，以最快的速度到达原始森林。那里果然如猴子总统所说，真是人间仙境，世外桃源。

　　大家住在这里，狠狠地快乐了一阵子。可是，时间久了，大家又觉得乏味了，于是，就有人要求回到原来的国家。

　　可是，他们原来的住房都被一群群猴子占了，大街小巷全是猴子，它们都享受着富足的生活。

人们回不来了，就跑去找总统，猴总统正斜躺在太师椅上，让一个人擦皮鞋，那个擦皮鞋的人正是前任总统。

人们不解地问前总统："你不当总统，也不能来干这种事呀！"

前总统叹了一口气，说："唉，你们还不知道呀，你们一走，大量的猴子就涌了进来。现在这里已经是猴子的王国了，我们要在这里生活，就只能干这种事。"

大家吃惊地望着猴子总统，等着它答话。它笑了笑，说："你们都听见了，还站在这里干什么？快找活干去！"

"这是为什么？"人们愤怒地质问。

"为什么？这得问你们自己！"猴子突然坐直，怒目而视，"你们每天吃饱了撑的，放着富足的日子不过，到处找快乐，真是一群神经病！"

"我们活着就是要快乐，这有错吗？"人们反问。

"没错？笑话！"猴子挥挥手，"就是因为你们要快乐，一些人就正事不干，专门研究怎么能让你们快乐。后来，有个姓王的突发奇想，说这世界上猴子最快乐，就想从我们身上研究出个结果。可他哪是研究，简直就是对我进行摧残，每天给我吃怪味食品，让我生理失调，结果长得这么高大。你们知道吗？那个过程我痛不欲生，好像每一块肌肉都被撕裂了，每一块骨头都被扯断了。我发誓要报复，于是，我偷偷学习你们说话，假装很听话地配合科学家。姓王的慢慢地，认为我很温顺。后来，他终于研究出一种东西，不过，实话告诉你，那并不是什么光彩的科研成果，而是一种迷幻药，原料是从我的尿里提取的。这种药可以让人产生快乐感，同时也听从使唤。我等待着，姓王的把这种药制成了口香糖，这个秘密只有我和他知道。我趁他不注意，把他绑起来，关进了笼子里。那个笼子原来一直是用来关我的，真有意思。然后，我带着口香糖来到广场，准备实施我的计划。要制服你们其实很容易，因为你们想要的东西谁也没有，而我有。我知

道你们最开始看到我，会好奇，我是一只怪猴子，你们喜欢我的原因不过是耍猴玩，可是，你们错了，你们才是被耍的，在我看来，我是在耍人玩。等你们吃了口香糖，我就知道我可以控制你们了。而我知道你们是会厌倦的动物，就等着你们找我，我让你们到森林找快乐，其实就是想把你们赶出去。我轻松地做到了，呵呵！那个森林里，以前都是住着我们猴子，你们一走，我把我的兄弟姐妹全部招了过来，让他们也过过富足的日子。"

人们都傻了，说："那，那，你想怎么办？"

"两种选择，一是回到森林里去，二是在这里为我们猴子服务。"猴总统伸了伸胳膊，"等我们猴子哪天也厌倦了，不想再过富足的生活了，想找什么快乐了，你们就可以回来了。哈哈哈……"

没有办法，大多数人都回到了森林，他们等呀等呀，始终没有等到猴子们厌倦富足的生活。渐渐地，人们都变成了猴子，学会了爬树，学会了摘野果子，学会了快乐。

狂想牧场

● 李志伟

牧鱼

久久木是一个作家，就是那种坐在家里等着钱从天上掉下来的人。等了七七四十九天，天气预报也没说："今天，晴转多云，有时下钞票。"

想想也是：如果钞票从天上掉下来，大家还不抢疯了？

于是久久木壮起胆子给出版社打电话："您好，还记得我 N 年前在你们出版社出的一本童话书吗？稿费是不是……"

出版社说："我们正想找你。"

"付钱啊？太好了，我的银行账号是……"

"请等我说完！你的书 N 年才卖出去一本，跟安徒生刚写童话时一样！库存那么多书，我们社赔惨啦！你是不是应该赔偿我们的损失？"

吧嗒，久久木把电话挂了。

"这作家真不是人干的！"他发火，"我发誓，从此年此月此日起，我去当个庸俗的人，只为钱活！"

但是怎样赚钱呢？经商没别人脸皮厚，打劫可能被受害者直接绑送到警察局。久久木习惯性地翻阅"点子册"，上面记载了许多童话的妙点子。一个点子引起他的注意："牧鱼"。对呀，别人都是牧羊牧牛，我为什么不独出心裁牧鱼呢？

牧羊需要皮鞭，牧鱼你总不能抽鱼吧？于是久久木登录自己的博客，给经常留言的朋友发"小纸条"："牧笛同学，你的名字好好哦，能不能借我一用？"

牧笛回纸条："可以啊，反正那是网名，你做了坏事警察叔叔也抓不到我。"

于是久久木把名字拿来，在手中形成一个真正的"牧笛"。这可是读者网名幻化而成，具有神奇的魔力！

久久木来到海边，举起牧笛一吹："嚯！"

一只小狗跑来，在他脚边撒尿！

"走开！"久久木踢狗，"我可不是来牧你的！"

哗啦，水中跃起一条大鱼。那鱼的眼睛好像在说："主人，叫我啥事？"

久久木跳上破渔船，大叫一声："出海，牧鱼去！"

缆绳嗖地一甩，准确地套在大鱼脖子上（如果鱼有脖子的话）。大鱼试着拖了一下，又跳起来说（注：鱼是不会说话的，此处系作者笔误）："有没有搞错，让我一只鱼拉一条船？"

久久木启发式教育："那你可以多找些鱼呀！"

大鱼用次声波联系，更多的鱼游来，拖着破渔船像快艇一样呼哧、呼哧地驶向大海！

这奇景立刻引起许多人注意，他们说："真壮观啊！作家自杀就是不一样！"

还有一个人喊："喂，我的船！"

鱼群在大海中巡弋觅食，久久木控制着大方向。吹一声牧笛，他的思想就通过笛声传达到鱼群脑海中，鱼群就按照他的指示向东向西！

这么多鱼，立即把鲨鱼给引来了。鲨鱼流着口水说："哈哈，这么多鱼，够我吃 N 天啦！"

鲨鱼扑过来，有些鱼慌忙逃窜。

"嚯！"久久木的牧笛响了，"怕什么怕，不就是一条鲨鱼吗？大家排好阵形，给它点颜色 see、see（看看）！"

久久木像是一个久经沙场的将军，用牧笛指挥鱼群摆出"鲸鱼阵"。所谓"鲸鱼阵"，就是外形像一条大鲸鱼的阵。鲨鱼天不怕地不怕，就怕老婆和鲸鱼！尤其是，这么大、这么怪的鲸鱼，它这辈子没见过！

嗖，鲨鱼转身溜走！它还抛下一句狠话："有本事你在这里等着，我保证不回来！"

小鱼竟然打败了鲨鱼，久久木好厉害！有些女鱼对他非常佩服，时常向他投去脉脉含情的目光！

经历大海的洗礼，鱼群长得又大又肥。久久木回到海边，独闯鱼类收购站。

"我卖鱼"，久久木鱼多气粗，"很多很多！"

"很多'幻想的鱼'吧？"站长拿久久木的职业开玩笑。

"不是幻想，是真的"，久久木说，"你最好把闸门开大一点，免得冲垮了你的鱼库！"

久久木拿出牧笛一吹，鱼群就排着整齐的方阵，哗哗哗地游进鱼库！

站长都看傻了，结结巴巴地说："这……这……这得多少鱼啊？"

"好办，我让它们报数。"

一吹牧笛，鱼群一个接一个地吐泡，一共吐了一百万个气泡！

"肯定有多吐的！"站长的肉在颤抖，"不能付全款！"

不管怎么说，久久木还是掘得了人生的第一桶金。最大的鱼商听说有这么强的竞争对手，不知用了什么办法，使海边墙壁上出现了大字口号："禁止牧鱼，违者罚款！"

刚找到一条财路就被人断了，这可怎么办啊？

牧鸟

夕阳西下，久久木坐在苹果树下，愁肠百结。

之所以坐在苹果树下，是因为当年牛顿就是被苹果砸了一下，因此而发现了伟大的"万有引力定律"。

噗，一个东西砸在久久木头上，还热乎乎的。

伸手一摸，是一泡鸟屎！

"我发现了！"久久木惊呼，"牧鸟！"

城市里只有麻雀，久久木嗖的一声扔出绳索，套在麻雀脖子上！久久木吹一声牧笛，慷慨激昂地呼叫："起飞，牧鸟去！"

那麻雀居然敢违抗命令，回头说："我一只小小鸟，能拖动你两百五十斤的体重吗？"

久久木一愣，"咦，想不到一只麻雀的智商还这么高？"

"你是在暗示我情商低吗？"

"你能反问这句话，情商就不低！"久久木道，"这样吧：你把同伴都叫来！"

"叫来干什么，难道让你养肥了卖钱吗？"

"嚯！"牧笛响起。

"好，我叫！"

麻雀用超声波呼唤，一时间遮天蔽日，飞来的全是鸟！久久木一个个检查："你，仙鹤！你，朱鹮！都给我出列！"

"为什么？"朱鹮很委屈，"你这是鸟类歧视！"

"是'鸟类尊重'！"久久木更正，"你们都是保护动物，如果……（注：此处省去五字，与'卖给食品店'字数相同）我还不想蹲监狱？"

剔除异类，剩下的野鸡、野鸭什么的，组成鸟类大军。久久木一声笛响，鸟类带着他冲天而起！临走抓了一块破地毯，看起来像坐着魔毯遨游长空！

看到这么多美味飞在天空，许多人的手痒痒了。他们砰砰砰地朝鸟群开枪，有些鸟吓得大小便失禁！

"怕什么怕，不就是猎枪吗？"久久木训斥，"拉，继续拉！"

于是所有的鸟都排泄起来，那些偷猎者被从天而降的鸟粪掩埋，一个个成了传说中的"屎人"！

"别担心"，一个偷猎者安慰同伴，"鸟粪很有营养的，可以当肥料……"

他们的狼狈照通过网络传遍全球，再也没人敢打鸟群的主意。久久木顺利地牧鸟，几个月后将鸟群带到"鸟类收购站"。站长早就恭候多时，一边说自己不能喝酒，一边故意把久久木灌醉！灌醉后让久久木签合同，那么肥的鸟，一只收购价只要一元！

后来数完才后悔：一共一百万只鸟，应该签一毛的！

市里最大的鸟商，就是那个鱼商转行而成的，听说出了这么个强劲的对手，不知用了什么办法，让城市街道出现大字口号："禁止牧鸟，违者罚款一百万！"

"嘿，连我的收入都搞得一清二楚！"久久木仰天长叹，"唉，第二条财路被断，我该怎么办？"

牧人

久久木坐在路边，穷困潦倒。他的口袋里一无所有，只有两张存折。一张是一百万元，另一张也是一百万元。

久久木盯着来来往往的人群，喃喃道："人啊人，世界上为什么有那么多乱七八糟的人？应该排成整齐的队伍，共同放牧……"

一提"放牧"，久久木的眼珠就放光！

"对了，'牧人'！"他跳起来大叫，把往他脚上撒尿的狗吓了一跳，"我又有财路了，哈哈！"

久久木可不会把"牧人"的消息贴在网上，他那个名叫"童话镇"的博客每天的点击率不多不少正好二百五十下，说明每天都是同一批人光顾。久久木亲自跑到学校，把传单散发下去。为此，他没少挨打、挨咬（注：不是门卫咬他，是狼狗咬）。

他本以为最多收几十个学生，因为按照比例，脑筋秀逗

胡萝卜先生的胡子

（注：短路）的人也就这么多，但没想到招生那天人山人海，好像全市的小学生全都来了！

"我的孩子太胖了，要'牧'着他多跑跑，减肥！"

"我的孩子视力下降，好在现在还是假性近视，要'牧'着他放眼远方！"

"我的孩子沉默寡言，要'牧'着他在大集体中开朗起来！"

"等一下！"久久木指着一个女生说，"我认识你，你不是全市统考第一名吗？如此优秀，怎么也来报名？"

"就因为她太优秀了！"女生的老妈出语惊人，"她学习好、体育好、唱歌好、跳舞好、艺术好，就是太骄傲，要让她到外面去锻炼锻炼，让她认识到山外有人，人外有人！"

"好！"久久木大喊一声，"我收了！"

久久木的神奇牧笛一吹，一百万个学生齐步走！没有轿车没有专机，大家步行去郊外的"不高山"！

"不高山？"有家长怀疑，"那里不收门票，根本不好玩呀！"

在某些人的意识里，门票越贵越好玩。

"牧人"队伍行走在街道上，所有汽车为他们让路！不是司机突然文明礼貌了，而是他们的孩子也在其中！

历时三个小时，同学们走出城市，爬上不高山。许多人累得一屁股坐下，声称这辈子再也走不动一步了。

"快看！"近视眼的那位同学喊，"多美丽的城市！"

是啊，大家平时都是去什么公园、什么乐园，还从没从这个角度观察过自己的家乡呢！

"快听！"耳朵不好的那位——不不，没有耳朵不好的，是长得肥胖的那位同学说，"到处是竹林风声，到处是鸟语虫鸣，多动听！"

是啊，同学们平时听的都是铃声、读书声、MP3声，从没亲密接触天然之音呢！

"快闻！"全市统考第一的女同学兴奋地嚷起来，"好香的花啊！"

大家都陶醉在美丽的大自然中，有位同学说："如果这时候有一本久久木童话阅读，那就太完美啦！"

"原来那本书是你买的，谢谢！"久久木激动地握住同学的手，"不过我没有把库存的书带来，因为有推销的嫌疑！"

没带来不要紧，同学们回去买！书店买不到（久久木戏称"卖完了"），就跑去出版社要！久久木的书一售而空，一版、二版、三版……一直到 N 版，总印数只比《小王子》差一本！

久久木只不过放牧出了名，没想到带动了毫不相关的图书销售，这就是我们时代的神奇！

当然也有人阻挠，全市最大的书商来找麻烦："呃……"

话还没出口，久久木指着他说："我认识你，你以前不是做过鱼商和鸟商吗？"

"这都能看出来？你真行！这个……"

"先别说话"，久久木抢先出招，"如果我没猜错，你儿子也在同学队伍里，对不对？你不怕我'一不小心'，把他'牧'到外星球上去，再也回不来？"

书商怕，但还是嘴硬地说："呃，其实我是来跟你谈合作的……"

久久木成了大名人，老有记者采访："久久木先生，请问您在牧鱼、牧鸟、牧人之后，下一个准备牧谁？"

"牧钱"，久久木说了一个深奥的名词。

记者思考了半天，幸亏他的智商也比较高，"'牧钱'，就是放牧钱？钱赶出去放牧，还会配对繁衍，生下更多的小钱？"

"非也"，久久木回答，"我的钱已经够用了，我是把这些钱分门别类，放牧到更需要它们的地方去。"

记者似乎明白了，似乎又不太明白。他的思维，被久久木话语背后的哲理，"牧"出了很远很远……

王子爱恶龙

● 李志伟

　　从前，有这么一位公主，她长得……长相并不是这个故事的重点，所以就不形容了。

　　总之，有一天公主说："父王，我觉得日子好无聊哦，能不能结个婚玩玩？"

　　"那可不行"，国王说，"按照俺们国家的法律，公主要 15 岁才能结婚，而你才 12 岁。"

　　"那你把我的身份证改成 15 岁不就行了？"

　　"咦，这倒是一个办法，我女儿好聪明哦！"国王夸奖，"世界上那么多王子，你想嫁哪一个呢？"

　　"我觉得周杰伦不错。"

　　"女儿啊，你怎么给老爸出难题？"国王皱眉头，"周董虽然有钱，但他不是王子呀！"

　　"你给他封一个王子不就行了？"

　　"咦，你太聪明了吧？以后少看电视剧！"国王有些吃不消了，"对了，法律还规定：王子只有从恶龙手里救出公主，才能当公主的丈夫——我估计，周董可能不愿意跟恶龙打架。"

　　"那你可以改法律嘛！"公主聪明得可以用"任性"来形容，"改成'王子不用斗恶龙就能娶公主'。"

　　国王只好改，谁叫公主是她的宝贝女儿呢？打开 37 寸笔记本电脑，国王修改法律电子文本。可是选定内容之后，无论怎么

敲，那行字都巍然不动！

"法律是我老爸写的"，国王挠挠头说，"显然，他将法律内容设为'只读'了。"

"那你就把内容设为'改写'嘛！"

"女儿啊女儿！"国王愁眉苦脸，"我学会微软公司的 WORD 已经用尽了智商，这个太难了吧？"

既然法律改不了，只好按照它说的去做。公主在"王子吧"里浏览各国王子的照片，挑一个长得比较像周董的，给他挂电话。

"哈罗，王子吗？我是公主。"

"我不是'王子妈'，我是王子。"

"跟老娘咬文嚼字，想死啊你？对了，你的简介上写着'喜爱文学'，怪不得！喂，跟你商量件事儿：一会儿恶龙把我抓走，你一定要来救我啊！"

王子说："既然你知道恶龙会来抓你，为什么不先躲起来？"

"白痴，它抓了我，你才好救我呀！"

"我干嘛要救你？"

"你火星人啊？救了我就能娶我！"公主气得卷发都竖起来了，"喂，到时候你要是不来，我一定整死你！"

王子怕了，放下文学书，胆战心惊地问："怎……怎么整我？"

"我买一个巴西龟，你要是不来，我就给它取你的名字！"公主恶狠狠地说，"喂，你叫什么名字来着？"

恶龙自然生活在恶龙谷，它的老巢在高高的恶龙山上。公主当然不可能自己爬山，她叫来皇家直升飞机，直接送到恶龙老巢。

恶龙正在看"大风车"节目，吓得一哆嗦，"你是谁？怎么不敲门就进来？"

"你的老巢有门吗？"公主反问，"我警告你：我可是公主！我被你抓到这里，是……"

"等一下！"恶龙关了液晶电视，打断说，"我可没抓你！我是

胡萝卜先生的胡子

世界上仅剩的一条龙，地球上有超过一百五十亿人想抓住我发财！"

"胡说，地球人口只有一百二十亿。"

"还有三十亿混在地球人里的外星人！"恶龙说，"你说，我怎么敢明目张胆地抓公主？我连吃饭都是通过网络叫外卖，一碗红烧牛肉面！"

"一碗面条你就饱了？"

"当然不饱，那不是还有一个送外卖的吗？"恶龙舔舔嘴唇，"所以你最好给我出去，我才不想变成王子的刀下鬼！"

"哼，美得你！"公主一屁股坐下，"本公主既然来了，如果不是王子本人，谁都不能把我请出去！哎，今天的晚饭吃什么？烧烤龙蛋怎么样？"

恶龙吓坏了，但它又不敢吃公主，因为十二架直升飞机悬停在空中，对公主进行现场抓拍！如果它吃了公主，自己也别想活命！

公主给王子打电话："喂，王子，我已经在龙窝了，快来救我！"

王子问："知道了，不过你谁呀？"

"我的声音你都听不出来？"公主柳眉倒竖，"我是公主，你未来的老婆大人！"

"哦，"王子如在梦中，"对不起，刚才我正在看歌德的《少年维特之烦恼》，我被深深地感动，悲伤之情已不能维持……"

"少废话，快来！"

公主挂了手机，没听到王子最后一句："喂，龙洞在哪里啊？"

等待是寂寞的，公主一边看恶龙的电视，一边吃爆米花、嗑瓜子、打嗝、放屁、擤鼻涕。龙洞本来挺臭的，公主来了之后，比原先臭一万倍！

恶龙被熏出来了，它想："这个公主长得倒还……对了，长相不是这个故事的重点，可她这种人无论做谁的老婆，都会害了谁啊！"

恶龙是很恶的，但"善"、"恶"本就是相对的。当恶龙碰到

比它还恶的人，它就善了。

善良的恶龙飞去王宫，找王子。

恶龙飞临皇宫上空，巨大的阴影笼罩大地。侍卫、宫女们吓得四散奔逃，一边逃一边喊："这时候能救我们的，只有王子啦！"

"王子在哪里？"恶龙大声喝问。

"我们死也不告诉你！"宫女们说，"在那边，房号405！"

恶龙飞去405房，一只大眼睛就把窗口占满了。房间暗下来，王子就看不成文学书了。他发现窗口出现一个怪物，就朗诵美丽的诗文说："轻轻的，你来了，正如你轻轻地走。你挥一挥手，不带走一块羊肉！"

恶龙被优美的诗文折服了，向后退去。王子这才看清堵在窗口的是什么，咕咚一屁股坐在地上。

"原来是条恶龙"，王子直冒冷汗，"我刚才还以为是一只大眼睛，我看它没牙才不害怕的！"

"王子别怕，我是来给你通风报信的"，恶龙说，"公主是一个很可怕的人，你千万别去救她！"

王子说："你是不是怕我救她，顺便把你的脑袋砍下来？"

"你一搞文学的，砍得动我吗？"恶龙喷着粗气，"我是真心为你好，不信你看！"

恶龙打开王子的笔记本电脑，连接恶龙自己的QQ。恶龙电脑的摄像头开着，他们可以远程监视龙洞里的情况。

只见公主正在打嗝、放屁、抠脚丫子，还肆无忌惮地看着庸俗的电视放声大笑！

公主发现了状况，将食指塞到鼻孔里，又将鼻孔凑到摄像头上，扯着嗓子喊："王子，你什么时候来救我啊？"

王子和恶龙被吓翻了！

公主又说："你不来救我，我干脆去抓你算了！"

"快跑快跑！"恶龙吓得大叫，"公主来了，我们就全完了！"

胡萝卜先生的胡子

可他们的动作没有皇家直升飞机快，才跑到皇宫门口，马达的轰鸣声就传来。恶龙灵机一动站着不动，看似皇宫门口的一尊雕像。王子也想装雕像，可是宫女跑来说："王子，要不要我给您刷层漆？这样装雕像更像！"

"原来你在装雕像！"公主一把扭住王子，"走，跟我结婚去！"

王子惊呼："NO、NO、NO，我还没杀恶龙，不能跟你结婚！"

"我说杀了就杀了，没你说话的份儿！"

王子被公主拖上直升飞机，他企图用诗文感动公主："你是一块腊肉，我是一条小狗。腊肉肥得流油，小狗想吃腊肉……"

当，王子被公主用平底锅敲脑门。

公主说："拽什么诗文，文学家都是穷光蛋！回去我把你整容成周董，唱一首歌就一千万！不过我警告你，不许对女歌迷动心！"

王子被强抢进宫，今晚成婚。作为一个温文尔雅的王子，面对如此残酷的现实，唯一的办法就是一边读文学书，一边掉眼泪。恶龙逃回了龙洞，并且着手搬家。可是整理行李的时候，王子可怜的身影始终在眼前摇晃。

"不行！"恶龙终于下定决心，"我这个恶龙，这辈子也要做一件好事了！"

最著名的韩国整容师被公主"请"来，他战战兢兢地说："动、动、动手术先要消毒，公、公、公公……不不，公主有没有火？"

呼，一团火球从天而降，将手术刀烧化！

韩国整容师说："这火太大了……"

"不想死就闪开！"恶龙在天上怒吼，"公主，放了王子，不然，小心我狠狠惩罚你！"

"惩罚我？"公主从小被宠坏了，天不怕地不怕，"你能把我怎样？"

"我买一个巴西龟，给它起你的名字！"

公主不怕酷刑，就怕这个！"嘤"的一声，公主晕过去了，恶龙趁机将王子救走。

"谢谢"，王子说，"桃花潭水深千尺，不及恶龙救我情！"

"你就别拽诗文了，我要起龙皮疙瘩了！"恶龙说，"坐稳，我们回家了！"

呼的一声，恶龙背着王子，升上夜空！

从那天起，恶龙就与王子生活在一起。王子保护着恶龙，不被贪婪的人类捕猎；恶龙也保护着王子，不被野蛮的公主强抢。王子相信世上有真正的爱情，但在你碰到这份爱情之前，千万不能随随便便就把自己给了哪个公主啊！

再说，所有的爱情到后来都会变成友谊。既然最终都是友谊，为什么不现在就拥有一份宝贵的友谊呢？王子与恶龙交上了朋友，白天，王子给恶龙念文学，恶龙正好睡觉；晚上，恶龙带着王子飞越巅峰，浏览大好河山。当你在深夜看见一个翩翩少年骑龙飞过时，你会觉得那一幅画面，几成永恒。

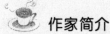 作家简介

李志伟，金牛座，万能O型血。工科大学毕业，却从事写作。中国作家协会会员。

在大陆及港澳台地区出版图书80多种，发表作品2000多篇，总字数超过500万字。作品曾获冰心新作奖、文化部蒲公英奖、台湾九歌现代儿童文学奖等几十个奖项，多次获得中国儿童文学核心期刊年度优秀作品奖，作品连续多年入选"中国年度优秀作品选"。

靴子的故事

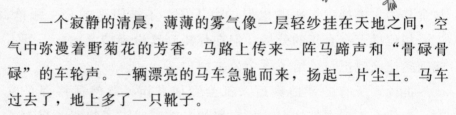

● 巩孺萍

　　一个寂静的清晨，薄薄的雾气像一层轻纱挂在天地之间，空气中弥漫着野菊花的芳香。马路上传来一阵马蹄声和"骨碌骨碌"的车轮声。一辆漂亮的马车急驰而来，扬起一片尘土。马车过去了，地上多了一只靴子。

　　小灰鼠起得很早。

　　起得早也是没办法的事情，因为小灰鼠的家就在马路边，吵得要命，它不得不早早起床，出来透透气。小灰鼠钻出洞，背着手大摇大摆地走在马路上，这是它感觉最好的时候，像个绅士。它一眼看到了那只靴子。一开始，它还以为是什么怪物呢，吓了一跳。当看清是一只靴子时，它一下子兴奋起来。

　　好漂亮的靴子啊，灰灰的，鞋帮上装饰着黄色的流苏。小灰鼠的第一个想法就是把它拖回家。但这个想法很快就打消了，因为它的洞口太小。小灰鼠围着靴子转了几圈，有了一个新主意——用它储藏食物。

　　妙极了！它正好缺一个仓库呢。

　　说干就干。它把自己所有的家当都搬了出来：一根玉米、几颗花生、一小袋谷子、半根火腿。哦，还有两粒准备当作早餐的黄豆。小灰鼠满意地围着靴子转呀转。为了防止靴子被人发现，小灰鼠用树枝把它遮了起来。天渐渐地亮了，路上的行人多了起来。小灰鼠依依不舍地回到家里。

它满意地躺在椅子上睡着了，睡得很香。

当它醒来时，它立即就想去看它的靴子，噢不，是仓库。外面下起了雨，小灰鼠眼巴巴地数着洞顶淌下的雨滴：一、二、三……小灰鼠从来没觉得时间过得这么慢。雨一停下来，小灰鼠迫不及待地跑了出去。它看到了什么？

那只灰色的靴子里灌满了水！花生、谷子全漂在上面。

天，小灰鼠叫了起来。不管怎样，趁这些食物还没发芽，得赶紧把它们抢救出来。小灰鼠奋不顾身地往靴子上爬，装满雨水的靴子失重了，哗……

可怜的小灰鼠被浇成了"落汤鸡"。小家伙打着冷战，打着喷嚏，从地上爬起来，接着抢救粮食。谢天谢地，总算把所有的食物都搬进了洞里。

小灰鼠病了，躺在床上几天没吃东西，它恨那个倒霉的靴子。可等到它的病好了，又能出去散步的时候，小灰鼠的第一个念头还是去看那只让人牵挂的靴子。

靴子还在，倒在地上，显得脏兮兮的。

小灰鼠围着靴子转啊转，觉得这么好的靴子不应该让它废弃了。它想啊想啊，不知不觉走进了宽大的靴口。它又有了一个好主意——当卧室！小灰鼠兴奋起来。它把自己的床铺搬了出来，你瞧，就是几块破棉布，一些稻草和枯树叶。铺好床铺，小灰鼠躺在新卧室里，翻过来翻过去，真舒服啊！它跑到靴子口，不，是卧室门口，伸了伸懒腰。生活在狭窄的空间里和宽敞的空间里就是不一样，除了可以伸直腰，起码梦也做得大气。小灰鼠就做了一个很大气的梦：

它梦见自己的卧室成了花园，它在花园里种了很多郁金香，蝴蝶翩翩起舞，当然还有蜜蜂，阳光亲吻着它的脸，痒痒的。不，是凉凉的。

小灰鼠睁开眼睛，天！它的魂都快吓没了。一条大花斑蛇正

胡萝卜先生的胡子

用长长的舌头舔它。小灰鼠屏住呼吸，对付敌人：它最拿手的做法就是装死。大花斑蛇终于走了，小灰鼠的血液都快凝固了。现在，它脑子里唯一的念头就是赶紧离开这个鬼地方。

它收拾好东西，飞快地跑回自己的家。

当它钻进窄小的地洞时，一颗心才稍微平静下来。

好险，太可怕了！该死的蛇，该死的靴子！

小灰鼠现在对那只靴子有点厌恶了。一连几天，小灰鼠没去看那只靴子：让它被老鹰叼走，被老猫搬走才好呢！小灰鼠虽然这样想，还是不由自主地、鬼使神差地来到了靴子跟前。靴子上沾满灰尘，里面灌满了泥土，几根草芽儿冒出了尖尖的脑袋。或许，它还有别的用处？

小灰鼠"噢"的一声叫了起来，它又冒出了一个好主意……

又一个清晨，同样是薄雾轻浮，一辆马车从这儿路过。马车停下来，走出一位英俊的金发少年。他叫起来："妈妈，我的靴子，它在这儿，您看，它多像一个靴子花瓶呀，里面开满了野菊花！"妈妈笑了："多美的创意啊！"

他们永远不会知道是谁种下了这些花，永远不会知道关于这只靴子的许多许多故事……

 作家简介

巩孺萍，教育学硕士，曾任电视台编导，现旅居美国。近200篇作品发表于《儿童文学》、《少年文艺》等杂志。作品曾获2002年冰心儿童文学新作奖、首届中日友好儿童文学奖、2005年被新浪网评为我最喜爱的儿歌作家，著有儿童诗集《再见，雪孩子》等。

我的妈妈是条龙

 沈习武

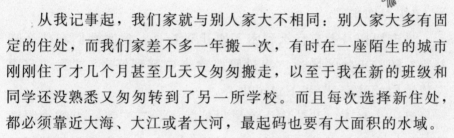

从我记事起，我们家就与别人家大不相同：别人家大多有固定的住处，而我们家差不多一年搬一次，有时在一座陌生的城市刚刚住了才几个月甚至几天又匆匆搬走，以至于我在新的班级和同学还没熟悉又匆匆转到了另一所学校。而且每次选择新住处，都必须靠近大海、大江或者大河，最起码也要有大面积的水域。

我曾问过爸爸："我们为什么要这么搬来搬去，能在一个地方安稳地住下来不好吗？"

爸爸叹息着说："丽丽，有些事情你长大后我们会告诉你的。"

我的爸爸妈妈也与别的大人不同，他们都显得很年轻。爸爸已经三十多岁，嘴上才刚长出一抹黑色的小胡子，像个邻家的大哥哥。妈妈呢，脸上连一条细小的皱纹都没有，每次外出别人总把她当成我姐姐。

更怪的是，从我记事起妈妈从没带过我睡，也很少抱我。有一回我病了，撒娇要和妈妈睡一床，妈妈显得很为难也很惶恐。她不安地一遍又一遍地安慰我，像有重大秘密似地说："丽丽乖，丽丽长成大姑娘了，自己睡好吗？"

"不，我就是要和妈妈睡一起！"我撒泼耍赖。

"别胡闹，快睡吧！"爸爸装出很生气的样子，硬把我送回属于我的小房间。

"丽丽——"妈妈欲言又止。

还有，妈妈从不和我一起洗浴，有时我主动想给她搓搓背她都不同意，她每次洗澡都趁我不在家。有一回我提前放学，妈妈正巧在浴室，我推门进去，她吓得"呀"的一声惊叫，慌忙把身体泡在满是肥皂泡的水里，厉声朝我嚷道："快出去，把门关好！"

在每个月圆之夜，我偶尔半夜醒来，总能听到离我们家不远的水里传来阵阵波浪的撞击声。偶尔还能听到爸爸压低了的声音："快点回来。"

难道妈妈身上有什么秘密不愿让我看见？到底她们有什么瞒着我？随着年龄的增长，我对妈妈愈来愈感到好奇。"我一定要弄清她们的秘密。"我下定了决心。

又一个月末，我装作头疼早早地睡了，其实我一直瞪大眼睛聆听妈妈房间的动静。果然，夜里十二点左右，我听到爸爸打开窗户的声音："大家都睡了，你去吧，快点回来。"我一骨碌爬了起来，只见一条黑影从妈妈卧室的窗口飞了出去，接着不远处的江里传来一阵水响。我急忙拿起事先准备好的红外线望远镜仔细观察，虽然我早有心理准备还是不由愣住了：宽阔的江面上，起伏的波浪中，一条银龙在水中尽情地游弋。

大约过了两个多钟头，那条龙恋恋不舍地离开江水飞进了妈妈的卧室。

我一下子推开了妈妈卧室的门，龙不见了，头发湿淋淋的妈妈慌张地看着我。爸爸一时也怔住了："丽丽，你没睡着？"

"我全看见了，你们一直瞒着我。"我的眼里溢满了泪水。

"既然你全知道了，我们也就不瞒你了。我们原想等你再长大些再告诉你，怕你不小心在外面说漏了嘴。"爸爸担忧地看着我，"你妈妈不是人，她是一条龙，一条住在海里的银龙。有一天她游到海面上，差点被一枚炸弹炸死，是我发现并救了她。后

来她爱上了我，就离开了大海。她还不能完全适应陆地生活，每个圆月之夜都要到水里浸泡几个钟头……"

妈妈解开衣服，露出腹部亮闪闪的银鳞："我的唾液（被人类称为龙涎）能够让人类延年益寿，而失去唾液我会很快干死。那些曾见过我的人一直在四处追捕我，为了我的安全，我们才不断地搬家……"

"我也是一条龙吗？"我哽咽着问。

"不，你是你妈妈在一次海难中救出的婴儿。不过，我们像爱我们自己一样爱着你。"爸爸把我抱进妈妈的怀里。

"妈妈——"我摸着妈妈那带着腥味的坚硬的鳞片忍不住啜泣起来。

今天一早，他们仿佛预感到什么，我起床时爸爸说："丽丽，今天不用去上学了，咱们又得搬到别的地方了，那些家伙可能又追到这里，我想他们可能发现我们住处了，我老是感觉有眼睛在窥视我们。"

"下午再搬好吗？我还没有和我的新朋友告别呢！"我执拗地说。经常搬家我很少有朋友，昨天我刚答应一个新认识的朋友今天和她一起早读。

"这样很危险！"爸爸表情严肃，看得出他生气了。

"下午就下午吧，迟半天不会出事的。"妈妈看了我一会儿说。

可是整整一个上午，我的心再也静不下来，还没等到放学我就匆匆向家奔去。快到家门前时，我看到我们租住的楼房四周围了一些长得很粗鲁的黑大汉，他们扛着像炮筒一样的铁家伙。一个黑大汉刚好到了我家门前，抬脚正要踹门。

"爸爸，有坏人！"我惊叫起来。

"嘭——"房内传来什么东西被绊倒的声音。

"嘭！"门被撞开了。

爸爸张开双臂堵在门框内："快，你快跑！他们想抓的是你，不会伤害我们的。"

"哐——"窗户被撞开，妈妈变成了一条银龙飞了出来。守在房子四周的黑大汉们扣响了炮筒一样的铁家伙，一张张网兜头罩向了妈妈。妈妈机灵地身体一扭一闪着躲过，飞向了高空。

没等我松一口气，一阵刺耳的轰鸣声传来，四架直升飞机从四个方向飞来，朝妈妈逼近。从飞机内不时有一张张巨网罩向了妈妈，尽管妈妈一再左躲右闪，可是根本冲不出飞机的包围圈。

"你们这些坏蛋，法律会制裁你们的！"爸爸无助地责骂着。

"她不是人，连受保护的野生动物都不是，法律是无法制裁我们的。"黑大汉轻蔑地看着我们。

妈妈大口大口地喘着粗气，动作越来越慢，飞得也越来越低，有好几次差点被网套住。妈妈的动作愈加迟缓，最后竟然"啪"的一声累掉地上。她再也没有力量变回人形了，撑着四只爪子在地上艰难地爬行着。

又一些黑大汉从飞机上下来，他们快速朝妈妈步步逼近。

这时谁也没有想到的事发生了：正是放学时间，孩子们发现了地上有一条龙，先是一阵惊呼，接着用身体围成了一堵人墙挡住了黑大汉："传说中的龙，不许伤害它！"我和爸爸趁机抱起妈妈，把她放进不远处的江里。

"快跑妈妈，只要你顺着大江逃进大海，他们就抓不住你！"我焦急地催促着。

"不，我不愿离开你们！"妈妈紧紧地攥着我和爸爸的手。

"快走，我们还会见面的。"爸爸掰开妈妈的爪子，把妈妈硬推进水里。

妈妈流着眼泪，深情地看了我们一眼隐入了水底。

黑大汉们追到江边，悻悻地瞪了我们一眼走了。可是我听到一个黑大汉通过手机在给谁下命令："立即封锁江的上游和下游，

只要它还没逃回大海我们就一定能抓住。"我的心又不由紧张起来。

我和爸爸无比失落地回到一片狼藉的住处，推开卧室的门不由呆住了：妈妈正站在门内。

"你——"爸爸刚要惊叫，被妈妈一把捂住了嘴。

"我不能离开你们，我要和你们在一起！"我们一家三口紧紧地搂在一起。

"我们保护不了你妈妈，她只有到了深海才安全。孩子，你愿意和我隐居到一个荒岛吗？那样我们就能永远在一起了，当有危险时你妈妈就可以潜入海里。"爸爸说。

"我愿意，等所有人都懂得尊重龙时，我们再回来。"我依偎在妈妈的胸前。

在一个早晨，我和爸爸故意显出伤心的样子踏上了汽车，朝着远离城市的荒岛驶去。在我们的身旁有一个大旅行包，妈妈正躺在里面。

在那个阳光明媚的早晨，妈妈驮着我们游向了大海深处的一个荒岛。

☕ 作家简介

沈习武，儿童文学作家。主要从事童话、动物小说创作，曾在《儿童文学》、《少年文艺》、《中国校园文学》、台湾《国语日报》等多家报刊发表作品 300 篇。小说《猎狼》入围 2005 年度《儿童文学》小说擂台赛，《黑线》入围 2007 年度《儿童文学》小说擂台赛，多篇童话入选年度童话选。迄今为止已出版"魔法小虎队"系列长篇童话、《我的小不点儿妈妈》等作品。《白鼬》曾获 2003 年首届中日友好儿童文学奖，《盒子》获 2005 年冰心图书奖新作奖。

废城蜡烛

● 周　锐

把吃的喝的留给我，直升飞机飞走了。

对我的考验开始了。四面是无边的沙漠。这时除了我自己，再也看不到别的有生命的东西。我是喜欢热闹的人，很难忍受孤独，这时哪怕有一只苍蝇给我当宠物也好。

在城市里，我的目光老是在各种建筑物间东碰西撞，无法自由伸展，现在才领略到什么叫视野辽阔。我看到很远的前方有一团旋风在沙原上来回奔跑，这旋风一定很年轻，滚动的沙丘像小伙子脚下的足球。

像梦一样，我身边就是那座麻延滴滴河废城。由一家著名网站和旅游公司合办的这次独行侠探险活动，有好几千人上网报名，我没想到我会被抽中。

我不是探险爱好者，对考古也没有特别的兴趣。消息是蒙萌告诉我的。她从网上得知，西部大沙漠中发生了沙龙卷，一片积沙被掀开，露出一个古代城镇。那里原是麻延滴滴河流域，曾经繁荣过一阵，后来这繁荣随着麻延滴滴河的消失而消失了。独行侠探险活动很刺激的，唯一的参加者将在这完全陌生甚至神秘莫测的环境中度过三天，只有一台手提电脑当他的仆人。

"好疯狂啊"，这是喜欢夸张的蒙萌的口头禅，"我敢说，我们班，我们全校的男生，没一个有胆量去报名的。"

就冲着这句话，为了全班全校的男子汉不被轻视，我报名

了。但我没仔细想象过当独行侠的感觉，因为在任何一次抽奖中我都运气不佳。

可现在我真的来到这不可思议的地方。

我先在街上转了转。这是一条土路，但已像石板一样坚硬。路面上各种痕迹历历在目，有车轮印、马蹄印……不过，这是马蹄吗？会不会是驴蹄、骆驼蹄，或属于别的什么已绝种的动物？我用数码相机把这些蹄印拍下来，等会儿到网上去请教专家。我也拍了路边的房屋，都是垒土成墙，家家的院墙上刻着鱼鳞一般的花纹。

走到土路的尽头，我看见一些高大的木屋。比起土屋，木屋破败得更厉害，都发黑了。

我走进木屋中的一间。里面很宽敞，屋角还有一口井，井上盖着盖子。

木制的井盖厚厚的很重。我把井盖推开一点，朝下张望。黑洞洞的什么也看不见。井里应该没有水了吧？但我还是特意去门外捡了个土块，扔到井里，果然没听见水声。

刮风了，朽坏的屋梁吱吱呀呀，我赶紧跑了出来。

我选了一间看起来较为结实的土屋做我的栖身之地。

推开门，屋内的情景惊得我目瞪口呆，这里有人！一对青年男女跪在地上。他们已是雕像一般。他们面朝着竖起在屋里的一块土碑。说是碑，它的宽度却比高度要长。"碑"上没有任何文字和符号。青年男女的姿势像在拜求祈祷。但和一般拜菩萨略有不同的是，他们合拢的双掌不是朝上，而是朝前。双手的十指不是贴在一起，而是相插着。桌上有烛台，蜡烛已燃尽。看来他们的生命是在一个夜晚结束的。那个夜晚……也许不是夜晚，是突然卷来的流沙淹没了整个城镇，把白天变成了夜晚。于是这对青年男女点起蜡烛，虔诚地祈祷直至最后一息。

我不能住在这里。

　　另选了一家，又见跪着一位老妇，我推门时带进风来，使她的白发飘动了一下。

　　我连走好几家，情况差不多，桌上一样的烛泪，地上一样的跪拜。

　　好容易找到一间空屋，灾难发生时主人大概正好出门了。

　　这里也有和别家一样的土碑。桌上有个盒子。我打开盒子，见里面放着一支蜡烛。别家的蜡烛都已燃尽了，而这是一支完整的蜡烛。它是土色的，显得挺粗糙，像是用泥土捏出来的。

　　和木屋一样，土屋里也挖了井。我又捡一个土块扔下去，好半天才听见它落到井底。

　　我喝了点自己带来的水，就来摆弄电脑。主办单位四海网站为了这次活动特别开辟了一个聊天室，我将在那里与专家、网友们对话。

　　我来到聊天室，已有一些网友等待着了，其中就有蒙萌。

　　蒙萌说：感谢我吧？是我使你成了幸运儿。独行侠正在干什么？我猜你会像刚游过泳一样，用一只脚一跳一跳，把耳朵里的沙子哗哗地倒出来。

　　我就把我在这里目睹的一切叙述出来，加上数码照片。

　　聊天室里一下子没了动静。我知道他们都被吓着了。

　　最先有反应的是一个叫呼吸的网友，他说：看来废城的居民是因为流沙的掩埋，室内空气渐渐耗尽，而被夺去了生命。由于真空和干燥，物体不易腐烂，他们当时的姿态得以保存下来。

　　这次活动的顾问尹博士发言了，他说：可是，在流沙袭来后，当时的室内不像缺少空气，不然的话，蜡烛很快会熄灭，而那些蜡烛却全都燃到了最后。

　　网友们又议论起那些木屋。有的猜测说，木屋是土屋居民的先辈建造的，那时井里还有水，麻延滴滴河还没被沙漠的舌头舔吃掉。有的说也许正因为麻延滴滴河畔出现越来越多的城镇，越

来越多的木屋，绿颜色少了，黄颜色就多了。

蒙萌又问我：沙漠里真的能把鸡蛋烤熟吗？

我说：还没烤过，我去试一试吧。

我带鸡蛋来的。烤一个鸡蛋应该要不了多少时间。

但我将鸡蛋埋进沙里，正在一旁等着的时候，我看见远远的前方像是有一个蜂群在飞舞。这蜂群旋转着移动过来，越来越庞大，转眼已是遮天蔽日。

我拼命跑回土屋。不久就听见一种悦耳极了的宏大声响，任何乐器都无法模仿它的，那是沙粒和沙粒相互摩擦的声音。

我遇上沙龙卷了。这个刚见天日的古镇将重回地下。在变得黑暗的屋子里，我用手电筒照明，将最新变故通告网友。

尹博士立刻作出分析：你所在的废城可能处在一个很特殊的地理位置，所以会反复发生沙掀沙埋现象。

蒙萌说：你很害怕吗？

我说：还好。可惜我没法把流沙的声音传给你们，很好听的。

但蒙萌不相信我不害怕，她说：你现在的感觉一定跟在泰坦尼克号上一样。

我说：我是杰克吗？那还少个女主角呢。

蒙萌好像很难受，说：你一定在恨我，是我让你当了独行侠。

其实我根本顾不上恨什么人了，我告诉网友们，我知道来救援的飞机已经在路上了，但这间屋子里的氧气越来越有限了，我得想办法坚持到像萝卜一样被挖出来。

网友呼吸说：你现在点着蜡烛吗？如果点着，快把它熄掉，蜡烛的燃烧也需要氧气的呀。

我说：我没有点蜡烛。

我已经觉得很闷，毛孔里渗出黏乎乎的汗。我没有点蜡烛，那支蜡烛完完整整地躺在盒子里呢。我随手打开盒子，再看看那土色的蜡烛。

就在这时，噗的一下，蜡烛上冒出了火苗。我吃惊地要吹熄这火，却怎么也吹不熄。

赶紧请教尹博士，博士说：这是自燃。但你先前看到蜡烛时它怎么没自燃？说明这是故意将蜡烛设计成能在缺氧情况下自燃。那么，我们是不是就该把它看作是一种专门用于灾难的救急物品？

我盯着小小的火苗，它是青白色的，没有烟。渐渐的，我不再觉得闷。果然，这种奇妙的蜡烛就跟树木一样，消耗二氧化碳而产生氧气。

可以想象，屡次遭受流沙袭击的古镇居民造出了这种救急蜡烛。蜡烛使被埋住的人们不会窒息，等到流沙撤走，重见天日，他们又能过原来的生活了。但沙龙卷这不速之客越来越频繁的来访，终于使人们来不及准备足够的蜡烛。最后一朵白色火焰熄灭后，厚厚的沙被子还没掀开，这里就成了废城。

外面流沙的奏乐已经停止，这座无名古镇重新被沙子严严实实地包裹起来。

我的目光忽然被屋里那块宽宽的土碑吸引住。碑面上不再是空白，此时变得影影绰绰的。我走过去用手电筒照了照，碑上的影子又不见了。我愣了一下，关掉手电筒，将那支蜡烛拿过来。

烛光照耀下，碑上现出了图画……

我告诉聊天室里的人们，碑上用很简单的线条画着水，画着鱼。那鱼的眼睛很大，尾巴叉开着。

尹博士说：原始社会的人会以某种动物或植物作为崇拜的对象，这叫图腾。土碑上的鱼或许也是图腾吧。那里的院墙上不都画着鱼鳞吗？

我说：我想起来了，古镇居民跪拜的时候，两手是在模仿鱼的形状呢。手指相插，这正是叉开的鱼尾巴。

蒙萌说：尾巴朝外，那么这条鱼是向里游的。

尹博士说：在遭受沙灾的时候，麻延滴滴河里应该早就没有鱼了。这条向他们怀里游来的鱼乃是希望之鱼，他们在祈求生命的希望。

蒙萌提醒我：你也像那样拜一拜吧？

我把十指交叉成一个鱼尾巴，但我没有跪下去。那些跪下的人再也没能站起来。

头顶上已经传来吹沙机的嘶叫。我希望救援队的动作利索一些，好让这支奇特的蜡烛不会燃到一点不剩。

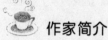 **作家简介**

周锐，中国作家协会会员。初中毕业后当过农民、船员、钢厂工人，现为上海人民美术出版社编辑。著作有《幽默聊斋》、《元首有五个翻译》、《蚊子叮蚊子》、《哼哈二将》、《书包里的老师》、《中国兔子德国草》、《大个子老鼠小个子猫》、《戏台上的蟒蛇》等八十余种，曾一百余次获奖，包括第二、三、五届全国优秀儿童文学奖、第四、五届宋庆龄儿童文学奖、新时期优秀少年文艺读物一等奖、台湾第二届杨唤儿童文学奖、第六届夏衍电影文学奖等。

黑底红字

● 周　锐

大师今天吓了我一跳，不，应该说吓了两跳。

第一跳是，他竟然浑身名牌，经得起鉴定的真正名牌。大师的家境跟我差不多，属于温饱型的，没有"实力"这样阔气。第二跳是，他之所以被称作"大师"，是因为他的怪话连篇，能把女生说得哭鼻子，能把男生说得想揍他，可是他今天非常循规蹈矩，甚至只叫名字不叫绰号，使我很不习惯。

大师悄悄告诉我，他以后再不会说怪话了。

你痛改前非了？

不是，我把怪话卖了。

我对大师哼了一声，他这话本身就是怪话！

大师一本正经地说：真的，就是用怪话换的这身名牌。

他说他是经别人介绍的，找了个特别的网站，网上交易。

网上拍卖我试过，我化名"空军上将"把我的飞机模型卖给了一个叫"外星特工"的小男孩。在网上谈妥了，我们就约了地方见面，为了便于识别，我卷起左边的裤腿，外星特工穿两只不一样的鞋子。

但大师说我将会有完全不同的体验。他把那个网站的网址抄给了我。

我坐到我的电脑前。我想象了一下，那网站有什么不同，也许我会看到群魔乱舞。

不管怎样我得进去看看。我打开电脑，来到网上，输入大师给的网址。

我看见一片灰白色。它像雾团，它的后面影影绰绰还有什么。

这雾团渐渐浓厚，变暗。

最后是夜一般的黥黑。持续了片刻，若有若无地传出一声叹息。

黑色中跳出暗红的字，一个字，两个字，三个字……它们组成一条问题。

别人怎样称呼你的？请输入名字和绰号。

我的名字叫吴晨。本来这个名字不算很差，可是大师说，现在都兴缩写，你的缩写是 WC，挺好记的。所以我的绰号就是 WC，一叫出来就有种异味。

把名字和绰号输入后，屏幕上又跳出第二个问题。

请描述你自己，你的长相和爱好。

从没发现哪个网站有这种要求。由于好奇，我还是照办了。我说，我有一头油光光的黑发，鼻子有点塌。小时候，传来"小钵头甜酒酿"的叫卖声时，妈妈总会取笑我，叫我"塌鼻头甜酒酿"。我还有六七颗青春痘，听说还会越来越多。我喜欢篮球，虽然我不会拍着球跑来跑去，但我的远投很准的。唱歌嘛，有时也哼几句"对面的女孩看过来"。我还有一个爱好就是听大师吹牛、说怪话。可是大师的怪话被你们买走了，以后我就要少一个爱好了。

描述完自己，敲了回车，我立刻听见一种笑声：

哈，哈，哈，哈，哈，哈，哈，哈……

这笑声不冷不热，不急不慢，听不出是男是女，怪怪的。它一直笑下去，笑得我快不耐烦了，这才又出现一行字：

请注意买入项目。如愿意出卖，确定意向后再商议价格。

我不会说怪话，我不知道人家要买我的什么东西。

几秒钟后屏幕上打出买入项目。

青春痘

真没想到！我当然愿意卖，我太愿意啦。我说，暂时先卖七颗，等再长出来了再卖。

屏幕上便又说明道：

本网站实行实物交易，可在我们提供的商品中任选一件。

我浏览了一下那些商品，有计算器，游泳表，网球帽，CD唱片，等等，都是些无法使人热血沸腾的东西。但话又说回来，我被买走的是我扔都扔不掉的累赘，即使能白送给人家也是我的大运气呀。我就随便选了一顶网球帽，然后用鼠标在"成交"上点击。

我的脸上立刻有感觉。那七个部位中有一处开始发痒，随即像被挤了一下，在我脸皮内部发出轻轻的响声：啵！我抬手摸摸，那地方平坦又光滑，似乎从来就没长过什么东西。真让人难以相信。我跑到镜子前面，在镜中人的脸上仔细数着：一，二，三，四，五，六。真是六颗。这时另一处又痒了起来，我就眼睁睁看它啵的一声在我面前消失。不一会儿，青春痘们全数告别。

我回到电脑前，见那神秘网站又发话道：

请约定时间，并请在约定的时间开门，我们将按时送上交易物。

约定时间？那就下午两点吧。

一点半的时候我就有点坐立不安了。

会是什么样的人来替那网站送货？是个大头小身子的侏儒？还是鼻子长长的老太婆？或许是个老头儿，脸上长着我那七颗青春痘……

一点五十九分了。我在门里屏住呼吸，仔细听楼梯上的

动静。

开始有脚步声。是个女人，因为那是高跟鞋的声音：咯噔，咯噔，咯噔……

高跟鞋不慌不忙地来到我门前，却又继续往楼上去了。

这时已到两点整。我便打开房门。只见外面防盗门的把手上挂着一顶帽子。

这顶网球帽是黑色的，上面有一些暗红的斑点，像那网站的字迹，也像青春痘。我不很喜欢这样的帽子。

我从来不受女生的注意，可是第二天上学时，一连四五个女生来跟我套近乎。

当然她们全都长着青春痘。

WC呀，你是用了什么好办法？她们羡慕地盯着我光滑的脸皮。

我说：秘方。

告诉我好吗？求求你了。

那就要看你的表现啦！要知道我很少有机会卖弄什么。

尝到甜头后，我又去访问那个网站。

这次我不需要描述自己了，屏幕上直接显示出买入项目：

黑发

黑发？说"头发"不就行了，头发总是黑的呀。不过头发不比青春痘，虽然也没什么用处，但像和尚那样也挺难看的，用头发去换个唱片、手表什么的，我才不干呢。

不过，要是能换来我更感兴趣的东西，也许我会考虑考虑。毕竟头发这玩意儿很快还会再长出来。

我就来查看供我挑选的交易物。

这回像样些了，有手机，有踩着满街飞的滑轮，也有被大师选中的名牌套装……我看上了一个垂涎已久的 MD 播放机。

我将鼠标又指向"成交"——用头发换播放机，怎么说

也值！

我的脑袋立刻成了电灯泡。

接下来又该约时间了。我故意约在半分钟后，但对方没有提出异议。

我把电脑关掉，走到门前，半分钟已剩下不多了。楼梯上静悄悄，没有听见脚步声。可当我拉开房门，装着播放机的纸盒已经摆在门口。

去学校时，我腰里挂着播放机，头上戴着那顶网球帽——这是暂时的，等头发长出来，我就可以不戴帽子了。

大师见到我这样子，眉毛一扬嘴一撇，就要像投掷飞镖一样说句什么了，可他只翻了翻眼珠，什么也没说出来。

过了两天，大师实在忍不住了，动手掀开了我的帽子。他立刻变了脸色，仿佛看见了十分恐怖的景象。

我嫌他大惊小怪，并举出了好几位光头明星。可他把我拖到走廊里，那儿有面镜子，是以前的毕业生送给母校的。

轮到我变脸色了，我看见自己的头发重新冒出来，但不是黑色的，我已是满头白发！

我这才明白，为了腰里的播放机，我将永远没有黑头发了。我会像个小老头。最热的天我也得戴着帽子。或者只好经常染头发。

我越想越觉得自己上当了。我要把我油光光的黑头发换回来。

但当我重新进入那个网站时，一幅广告吸引住我。那是一辆红黑相间的豪华轿车，它缓缓旋转着，展现浑身诱人的线条。广告语一闪一烁：

凡在本网站有交易记录者，均能轻易地成为它的主人！

拥有轿车？！

我提问道：是玩具轿车吧？

你可以把它当玩具，也可以当交通工具。

那，我不会开车。

语音操纵，不需要驾驶技术。请敲回车，你可以体会一番。

我愣了愣，便敲一下回车键。

顿时电脑屏幕成了轿车的前车窗，随着这车窗的放大，我发现自己已经坐进车厢。我可以触摸到轿车里的一切。车窗外是我熟悉的大街。

我试着叫声：开车！车子便缓慢平稳地开动起来。我又叫：快一点。车速立即加快了。

太棒了，这比开碰碰车的感觉好多了。路边的行人都在欣赏这辆车，可惜没有我的熟人。这样想着的时候，大师出现了。我就叫车停下来，让大师上车。一边继续开车，一边听大师说着羡慕的话。可我突然发现一辆卡车发疯似的从右边冲出来，我叫刹车已经来不及，而且即使刹住了也会被后面的车撞了屁股。这时我的车喷出气垫，腾空而起，只听咚的一声，后面的车子撞上了卡车！……

前车窗还原成电脑屏幕，我像被推了一下，头向后一仰的时候，看见自己还坐在家里的椅子上。

好是好，可它不是自行车，我不能把它塞在楼梯下面呀。

可以存进我们的网上停车场。存入时敲♯号，回车。取出时敲＊号，回车。

这倒挺方便。可是我买得起它吗？我卖掉什么才能买得起它？

可以分期支付，分期扣除。作为首期支付，我们希望得到你的歌喉。

我吃了一惊。这样，我就成了哑巴啦？

不影响你说话，只是你不能用原来的嗓音唱歌了。

我想了想。我本来就没希望当歌唱家的，也没有卡拉 OK 的

瘾，只在高兴时哼两句。歌喉对于我并不重要，卖就卖了吧。

半分钟后，原来挂过网球帽的门把手上，现在挂了一把钥匙，轿车的钥匙。

我再向那网站输入＊号，敲了回车。走出我们的居民小区，那红黑相间的轿车就停在路边……

但我终究没有开着轿车上学。我也说不清楚为什么，只是觉得这种交易并不是很值得炫耀的事。遇见大师，他一点都没提到我的轿车，使我怀疑昨天见到的他是不是真的他。我想问问他的，也终于没有问。但大师说他要过生日了，开派对一定请我。

那天我们去大师家里，照惯例点燃蛋糕上的蜡烛，再唱生日快乐歌。只是那天的合唱听起来有点奇怪。仔细一听是其中一个人的歌声奇怪。可是没法找出是哪个人。大师就对大家说：你们一人唱一句。胖子先唱。橡皮膏第二。接下来就轮到我了。我一开口先把自己吓了一跳，那声音粗哑刺耳，像在放坏掉的老唱片，而唱针又是钝的，太折磨人了。大师只好劝我别唱了，听这样的歌声是不可能快乐的。

其实，唱出这种歌声的人更不快乐，尤其是这人本来可以不用这样糟糕的声音唱歌，但他因为一个冲动的决定只好永远糟糕下去了。

一个阴沉沉的星期天，我开着我的轿车到郊外兜风。想哼一支什么歌又怕听自己唱歌的声音。我就打开车上的收音机，让它替我唱点什么。我找到一个音乐电台，现在是"八仙过海"节目，听众们可以跟主持人对话，并一展歌喉。正在唱歌的是一个男孩的声音，使我觉得有点耳熟。唱的是"对面的女孩看过来"。我把轿车停住，把呼吸停住，把心跳停住，静静地听这歌声。没错，这是我的声音，被我卖掉的声音！

这不是一首悲伤的歌曲，可是我流泪了，越流越多。

我忽然恐惧地想到，也许不久后的一天，我会连眼泪也流不

出来了，不再需要我同意，我的少年的泪，还有别的什么，将被"分期扣除"……

我立刻用车上的电话拨那电台的热线。

拨通了，我请对方转接刚才唱歌的听众。

于是我听见电话铃响起。

我从没听见过这样的电话铃，是一声接一声幽幽的叹息。

那边的听筒拿了起来。

我说：喂，是你买了我的歌喉吗？

对方不说话。

大概你的脑袋上还长着我的黑发吧？

仍然听不见回应。

还给我！我吼道。还给我！！

对方笑了起来。哈！哈！哈！哈！哈！哈！哈！哈！

这笑声不冷不热，不急不慢，听不出是男是女，像坏掉的老唱片。

Ｂ我消灭Ａ我

● 周　锐

1　沙子用完了捣乱机会

我是个警察。我在跟踪罪犯。

罪犯外号叫"沙子"。他活着就是为了给警察找麻烦，他是警察眼睛里的一粒沙子。

沙子是个捣乱犯。要是一般的捣乱就不能称为"捣乱犯"，他是捣乱得太过分了。

他会用超级胶水在马路上画一条线，从马路这边画到马路那边。一辆汽车开过来，开到这条捣乱线上，轮胎立刻被粘住，一动都不能动了。后面开来的车子当然也不能动。于是大塞车。这条车龙越来越长，它的头在Ａ城，尾巴已经伸到Ｂ城，还在向Ｃ城伸去……科学家们就赶快来研制一种可以洗刷捣乱线的"反胶水"。他们忙了三个月，总算造出了反胶水。这时那条长龙已经越过国境，开始妨碍外国的交通了。反胶水洗掉了捣乱线，但在这三个月里沙子又发明出新的捣乱胶水。

在沙子过生日的那天，他会拿着一个杀虫剂一样的喷雾罐，东喷喷，西喷喷，大家就会闻到一种甜丝丝的味道。他喷出的药水叫"笑笑笑"，谁闻到味道就会不停地笑，沙子过生日就要大家陪他一起笑。可是钱包刚被偷掉的人也不得不笑，牙齿痛得要命的人也不得不笑，因为差1分而没考上大学的人也不得不笑，

大家笑得真难过。幸亏沙子不是天天过生日，"笑笑笑"只让大家一次笑 24 小时。后来沙子养的狗死了，他又要大家陪他一起哭，又到处喷"哭哭哭"的药水，于是刚偷到别人钱包的人也不得不哭，好容易得到偶像签名的人也不得不哭，明天就要结婚的人也不得不哭，大家哭得真尴尬。

我在马路上遇见沙子，我警告他："根据法律，一个人不能无限制地捣乱下去，不能超过规定的次数。我给你一笔一笔记着账呢，你的捣乱机会已经全部用完，如果我发现你有新的捣乱行为，我就会把你抓起来，我就是干这个的。"

沙子说："我就要你来抓呢，你来抓又抓不住，这才好玩呢。为了让你可以来抓我，我故意赶快把捣乱机会全部用完了。"

我很生气，说："好，那你就试试看！"

几天后的一个早晨，起了大雾。早晨起雾本来没什么奇怪，但这浓浓的雾一直到中午还不散去。下午我接到一个电话。

"喂，我是沙子。雾很大，你开警车要开得慢一点，别撞到什么。"

我一听就火了，"这雾是你造出来的吧？"

"不是的"，沙子解释说，"这雾是自然现象，老天爷造的。不过，我看到理发师在最后要给顾客用一点固定发型的'摩丝'，我就受了启发，给雾也用了'摩丝'，这样雾就不会很快散掉啦。"

沙子给雾用摩丝是有目的的，这天要开运动会。结果射箭运动员看不见靶子，跳高运动员看不见横杆，足球运动员没办法区分双方球衣的颜色，赛车运动员不知道前面哪里该拐弯了……

沙子又给我打电话："这回你非抓我不可了吧？"

我说："是的，你不用向我求饶，我一定要按规矩办的。"

沙子说："你误会了，我是要告诉你到哪里才能抓到我。"

他把地址告诉我，在逍遥山庄，一个很享福的地方，在那里

住过的人，再住监牢一定住不惯。

我立刻出发。

山庄当然是在山上，但警车只能开到半山，通往山顶的小路很窄，只能步行。

我正沿着小路攀登，听见上面传来辘辘辘辘的声音。抬头一看，一辆轮椅正顺着小路往下溜。轮椅上不是别人，正是我要抓的捣乱犯！

2 插满碎片的大鸟

我一把拉住轮椅，可是它冲力太大，带着我一直滑到山腰。

我和沙子都摔在地上。我爬了起来，他却动都不动。

我把手放在他的鼻孔边，哟，已经没有呼吸了。

他摔死啦？

可他的脸上摆着一副笑容，是嘲笑。如果是摔死的，他死的时候一定很疼，应该笑不出来的。

那么，在轮椅从山顶滚下来之前，他就是这样的了？

我便爬上山顶。那小路一直通进山庄的屋里。那么，也就是说，屋里的轮椅能一直滑下山去。

我看见屋里的一台电脑还亮着，屏幕上有一行字：

我很有兴趣和你玩猫捉老鼠的游戏。我已经逃出了这个世界，你能来抓我吗？

沙子

我有点吃惊。我想到沙子脸上的嘲笑。

我在电脑键盘上按了几下，立刻检查出，这台电脑具有所谓的"炮打飞人"功能。它比魔术师的大炮更厉害的是，它能将人体信息通过时间网络发送到过去或未来，根据这些信息就能把原来的人体复制出来。

沙子扔下他的身体逃掉了，就像扔掉一件外套。

他逃到哪里去了？我现在处在一个世纪的中期，他是往世纪末的方向去了呢，还是逃到了世纪初？

屏幕上又出现了一行字：

敲一下回车，你会更吃惊。

我好奇地敲一下回车键，那电脑发出笑声："呵！呵！呵！"然后就爆炸了。

爆炸的碎片像乱箭一样飞过来，顿时我就像一只大鸟，身上插满了碎片的羽毛。

还好这些碎片都插得不深，也没伤到我的眼睛。

我一边一块一块地拔掉碎片，一边想：这都是该死的沙子事先设计好的。他要让我吃点苦头，却又不想让我死掉或者变成瞎子，那样我就不能和他玩猫捉老鼠的游戏了。更主要的是，电脑炸掉了，我就没法查出他的逃走方向了。

3 Ａ我和Ｂ我

我返回警察局，坐到电脑前面，先给世纪初的同行发了封电子邮件。我请他们帮帮忙，协助我们查找一个著名捣乱犯。我同时寄去沙子的照片。我告诉他们，如果捉到了这个捣乱犯，请把他的全部人体信息输进电脑，发到我的信箱就可以了。

世纪初的同行立刻发来回信。但他们埋怨我们太不敬业，竟然让这样一个罪犯逃了出来。信中说："普通的捣乱犯就够我们受的了，何况是著名的！要知道世纪中的捣乱花样肯定比我们世纪初的新式得多，你们不能指望我们凭着落后的技术能够手到擒来，对不起，还是请阁下亲自出马吧。"

我只好再给世纪末的同行发信，他们的技术比我们先进得多，应该不会推脱了吧。

没想到世纪末的同行让我再次失望。他们的信倒是写得很客气，"帮你们的忙，就像帮一只蚂蚁踩死另一只蚂蚁，举脚之劳，

胡萝卜先生的胡子

小意思。问题是我们现在有许多的蚂蚁要踩，实在踩不过来了。这几天我们这里的捣乱犯们在庆祝他们的节日，他们到处捣乱，弄得我们焦头烂额。等捣乱节过去，我们再来商量怎样合作，OK？"

看来，除了我亲自出马，没有别的办法了。

但我该朝哪个方向出发呢？世纪初还是世纪末？

世纪末正在过捣乱节，捣乱犯们"八仙过海，各显神通"，像沙子这样唯恐天下不乱的家伙，总会去凑凑热闹，顺便露一手吧？

可这家伙神出鬼没的，谁知道他会不会避实就虚，去世纪初那个容易浑水摸鱼的池塘？

我要是有分身法就好了，可以同时出击。想到这里，我忽然眼睛一亮！对呀，我可以分身的呀，就用沙子用过的"炮打飞人"技术！

我去找我们的技术专家，他是个快乐的小老头，他一直把工作当游戏，所以一直很快乐。

专家见我来了，问："有什么能让我玩玩的？"

我把来意说了，专家立刻拍手说："好玩，好玩！可以玩的。"

他让我坐到连着电脑的基因分析仪前面，拔下我的一根头发，放进仪器里。仪器嗡嗡地开动起来。

专家指着电脑屏幕对我说："瞧，你的基因信息一条一条分析出来了。人体细胞里有许许多多基因。人和人不同，是由于基因不同，比如我，就是爱玩的基因使我成为这样。从基因信息里，我们可以知道你是怎样一个人。"

屏幕上显示出：

基因1　爱好音乐，虽然唱得不好听，但很喜欢唱。

基因2　勇敢，必要时敢从5楼往下跳。

基因3　还算灵活，如果一个较难的电玩游戏有10关，一般能冲到第9关。

基因4　容易脸红，只要看见有人丢了东西，不管是不是自己偷的，都会脸红。

基因5　喜欢为漂亮的女孩做事。

……

基因分析很慢，我问专家为什么这么慢，专家说："因为一个人的基因太多了，连做鬼脸、打呼噜这样鸡毛蒜皮的事都有不同的基因管着呢。"

好容易我的所有基因信息都被分析出来了，按照我的要求，立刻将这些信息发送给世纪初的同行。专家又让我脱下所有的衣服。

我不明白："我必须洗个澡吗？"

专家说："不用洗澡。世纪初的同行收到这些基因信息后，可以很快为你复制出一个和你一模一样的替身，但这是一个光溜溜的替身，他不能不穿衣服呀。所以我要从你的每件衣服上取一丝纤维分析出信息，然后把衣服信息也发送过去，你的替身就能穿上和你一模一样的衣服了。"

等到我的身体信息和衣服信息都被发送到世纪初，就该轮到我自己被送去世纪末了。但专家提醒我说："既然你可以向世纪初发送替身，为什么不能给世纪末也发一个呢？你留在这里指挥指挥不好吗？"

是呀，他说得对，再说我的身体里也有一点偷懒的基因，我说："好吧，就照你说的办。"

专家说："可惜没有早一点想到这个主意，否则的话刚才可以把你的全部基因信息保存下来，就省得再一条一条重新分析了。"

没办法，我只好再拔一根头发……

胡萝卜先生的胡子

屏幕上重新出现基因1、基因2、基因3、基因4……渐渐的，我的性急基因起作用了。我对专家说："太慢了，追捕罪犯应该行动迅速，这样吧，不用完完整整全部分析了，只要够执行任务的就行了。"

于是这次简单多了，只选取"勇敢"、"还算灵活"、"性急"等对当警察有用的基因，其他不需要的基因都可以省掉。

刚刚把第二个替身的信息发送到世纪末，我收到第一个替身从世纪初发来的信，他说，他已经穿上了复制好的衣服，衣服的质地和颜色与原来差不多，就是尺寸有些问题，做短了一点，这里的一切都显得太原始了……

我赶快给替身回信，要他立刻开始搜捕罪犯，别废话了。我知道我自己有时也会说些废话的，但现在不是说废话的时候呀。

屏幕上又出现第二个替身的来信，他的信像电报一样很简洁：顺利抵达，勿念。我立即行动，有情况再联系。因为他身上没有说废话的基因。

为了便于区别，我把第一个替身叫作"A我"，那第二个替身就是"B我"了。

4 磁盘里关三年

A我很快发现了沙子。沙子也发现了A我，当然他不知道我还分A、B，他以为那就是我。

沙子走进一个卖冬瓜卖萝卜的集市。A我紧紧跟踪。

沙子忽然大叫："有小偷！"立刻造成人群的混乱，人群堵住了A我。

一个大汉指着A我的脸说："你脸红了，你是小偷吧？"

A我说："我怎么是小偷呢，我是警察。"他拼命抵抗我的脸红基因，但是不成功，他的脸越来越红了。他让大家看他的警服，大家不相信，因为世纪初的警服不是这个样子的。

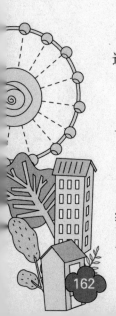

A我被大家送进警察局，沙子高高兴兴溜走了。他用同样的办法又把自己送到世纪末。

在地覆天翻的捣乱节里，沙子正想往水管里加进一种特别的鸡精，人们喝了水以后每天清早会像雄鸡一样喔喔叫。这时他看见B我站在他面前。

B我说："你跑不掉了，跟我回世纪中吧。"

但沙子不相信自己跑不掉。他把B我引到人多的地方，又叫"有小偷"。然后等着B我的脸红起来。

可是沙子失望了，B我一直面不改色。沙子说："怎么回事，你生病了吗？"他赶紧再来回忆我的各种弱点。我有时候也爱听人说好话，沙子就像狐狸夸乌鸦那样想把B我的头搞昏，但B我根本不吃这一套。我有眼泪过敏症，最怕人哭，沙子便像洪水决堤一般大哭，并把眼泪鼻涕全部抹在B我身上。B我浑身湿透了，却一点没有软化的症状。沙子又试了十七八招，都没用。B我就劝他："别再白费劲了。"就把沙子抓起来。

B我把沙子的所有信息发送给我，我就把这些信息存进一张磁盘。沙子的捣乱罪该坐三年牢，我就让他在磁盘里关三年。到他可以自由时，我们会根据这些信息做出一个沙子，像他原来那样。我向专家建议：要不要把沙子的捣乱基因去掉，这样他以后就不会犯捣乱罪了。但专家不同意，说："那样就不好玩了！"

沙子的那个身体留在世纪末，被捣乱分子们做成一个木乃伊，算是这一行的祖师爷，每年过捣乱节时都会被抬出来游行。

5 他在5楼看着我

A我和B我从世纪初和世纪末回来，成为我的两个助手，从此我的工作轻松多了。

我把跟踪外星间谍的任务交给A我和B我，自己去歌舞厅唱卡拉OK。

我跟几个认识的女孩打招呼，可她们全都不理我。

我说："是嫌我唱得难听吗？我送你们一人一副耳塞，在我唱歌的时候你们可以把耳朵塞起来。"

一个女孩说："根本不是要不要把耳朵塞起来的问题。像我这样漂亮的女孩，男孩从我身边走过总要回头看一看，所以我的回头率一向是百分之百。可是前天在街上遇到你，你就那样头也不回地走过去了，害得我的回头率降到百分之九十九！"

我很吃惊，"不可能有这种事！"

"你想赖掉吗？"第二个女孩说，"前几天我买了个很大的布狗熊，抱得累了，要你帮忙抱一会儿，可你竟然说：'要是你受伤了，我会连你带熊一起抱的。'"

第三个女孩说："那天我一边走路一边胡思乱想，没留神撞了你一下，可是你没跟我说'对不起'！以前不管是你撞了我还是我撞了你，你都会说'对不起'的。"

我知道了，她们遇到的是 B 我，他没有讨好女孩的基因。

这样下去，所有的女孩都会不理我了，这可受不了。B 我不是完整的我，是个有缺陷的我，他不能代表我，他继续在街上晃来晃去，会给我惹出更多的误会和麻烦。

我叫来 A 我，我要让完整的 A 我除掉不完整的 B 我。

一个小时以后，我正在街上巡逻，对讲机响了起来。

是 A 我的声音："我把他解决掉了。"

"干得好，A 我"，我要奖励他，"今晚有个结婚宴席，你替我去吃吧。"

"你弄错了"，对方说，"我是 B 我。"

这不能怪我，B 我的声音跟 A 我没什么两样。"这么说，是你把 A 我解决掉了？"

"正是。"

我觉得奇怪，"他应该比你强，他的优点比你多呀。"

“可是他的缺点更多。”

我忽然害怕起来，“接下来你，你打算干什么?!”

对方不说话了。

我一边东张西望，一边问：“你在哪里?”

对方不说话。

我一抬头，看见 B 我就站在对面那座大厦的 5 楼窗口。

他要是想跳下来，他立刻可以跳下来。

但我又心存侥幸地想：他不会像我这样不念友情吧？我这方面的基因也许没留给他？

永远的萨克斯

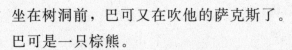

● 冰　波

坐在树洞前，巴可又在吹他的萨克斯了。

巴可是一只棕熊。

早晨的太阳照在他不太好看的脸上。他的鼻子太短，嘴巴又太宽。他不太聪明，而且，性情太温和。

"你这样的熊是不太招别的熊喜欢的。"

这句话，是住在不远的那只熊姑娘米都对巴可说的。当时，巴可听了这句话，并不难过。他觉得米都说得对。那时候，他还在学吹萨克斯，吹得很难听。

米都是一只很漂亮的熊，她长得很结实，眼睛很亮，很会溜。鼻子尖总是湿漉漉的，看起来很健康又很顽皮。

巴可吹了一阵，停下来，朝右前方看看。米都就住在那个方向。

"我今天吹的是一段新曲子，说的是萤火虫因为太伤心，满天乱飞，飞着飞着就变成了天上的星星……不知她听到了没有……"

巴可想。

米都在那里吃她的早餐蜂蜜粥，大概有一点粘在鼻子上了，她正伸出舌头，使劲儿舔着。

米都一边满意地舔着鼻子，一边向巴可走过来了。

巴可故意装作没看见，还是吹着他的萨克斯，其实心里很高兴的。

"吹了这么久，你不饿吗？"米都站在他面前，问道。

巴可摇摇头。"不饿。"他心里却在想：她的鼻子真好看。

"你的萨克斯吹得越来越好了，我很喜欢的。"

"我今天吹的是……"

"是一支新曲子，我已经听出来了。里面好像有星星的感觉。不错，挺好的。"

"是吗？"巴可很高兴，想把整个故事讲给她听，"嗯，曲子里……"

"再吹一支新曲子听听。我很爱听的。"米都打断了他。

巴可有点遗憾。

"新曲子？我想想……"

一棵在风里抖动的小草，心里有很多的渴望；

一只淋在雨中的兔子，在等他的信；

一个长在树缝里的蘑菇，想到远方去旅行……

米都忽然站了起来。

"对了，我得去看看我种的菜了。把新曲子留着，我要听的。"

她很快地往前走了。

巴可看着她的背影，抖动的小草、雨中的兔子，树上的蘑菇全没了。

巴可待了一会儿，又把那支萤火虫变星星的曲子再吹了一遍。

好像没有第一遍那么好听了。

这时候，离巴可不远的那个小树洞里，有一双黑亮的眼睛闪着。

那是一只果狸，也是巴可的邻居。她总是默默地听着巴可吹萨克斯，从来也不说话，只是瞪着她那双黑亮的圆眼睛。那双圆眼睛，会随着曲子，一会儿清澈，一会儿恍惚，一会儿朦胧，一

胡萝卜先生的胡子

会儿迷幻。不过，巴可从来没有注意过。

"可爱的小果狸，也不知她听懂了没有。"巴可在心里想着。他觉得，最能听懂他曲子的，只有米都。

"我很喜欢米都的。"巴可对自己说。

"你这样的熊是不太招别的熊喜欢的。"巴可想起了这句话。

他忽然感到心里很难过。

傍晚。巴可抱着萨克斯，望着天上一朵忙乱飘着的灰云。

巴可沉浸在他的构思里。

米都小鼻子湿漉漉的，款款地走来。

"巴可，我想听你吹萨克斯。"

她双手支着下巴，眼睛溜一圈，又天真又温柔。

"吹吧，巴可，吹吧。"

巴可提起了萨克斯，吹了起来。

掉在岩石上的一片枯叶，思念着它的青色的树枝；

一滴青苔上的水，掉到了静静的水潭，再也找不到自己；

大海上的一叶帆，努力漂向永远够不着的月亮……

小树洞里，果狸那双黑亮的眼睛，一会儿清澈，一会儿恍惚，一会儿朦胧，一会儿迷幻。

巴可吹着，他已经忘记了米都的存在，甚至忘记了还有自己。他仿佛整个生命已变成了那支萨克斯。

"啪。"

巴可从梦中醒来似的，才知道，他的脸上已经被米都亲了一下。

"巴可，你吹得太好了。真让我感动……"

米都说着，两滴眼泪流下来了。

巴可也被她的话感动了，差一点也要掉下泪来。他觉得自己从来没有吹得像现在这么好过。

巴可的心里，仿佛是一支欢乐的萨克斯。

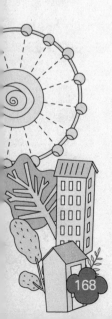

"米都，米都，我……"

米都用她的手掌，盖住了巴可想说的话。

"巴可，你的曲子，使我想起了……想起了……"

"什么？"

"想起了……"

"什么？"

"他。"

"他？"

沉默了，谁也不说话。

小树洞里，果狸那双黑亮的眼睛，朝他们看着。

终于，米都说话了。

"昨天他来找我，就是山后那年轻的熊，他叫我住到山后去。我……我不想去，他就火了，踢了我一脚，走了。可是，可是，不知为什么，我现在……挺想他的……"

"……"巴可不知该说什么。他只看见，米都的鼻子，现在变得很干。

"巴可，没有一只熊能像你这样吹萨克斯，这么好。你真招人喜欢。"

巴可看见，米都的鼻子干得发白。湿漉漉的鼻子不见了。

这时候，响起来很重的脚步声。

一只高大、年轻、健壮的棕熊出现在面前。

他厌恶地看了一眼萨克斯。

"米都，你怎么又在这里？你到底跟不跟我去？"

米都默默地站起来。

米都跟他去了。

巴可低下头，不去看他们越来越小的身影。

眼睛黑亮的果狸从树洞里出来，轻轻走到巴可的面前。

萨克斯在月光下闪着黄色的亮光，恍恍惚惚的。

果狸轻轻地摸了摸萨克斯。

"巴可，我也想有这么一支萨克斯。"

巴可呆呆地看了果狸一会儿，忽然吼起来：

"萨克斯有什么用？萨克斯有什么用？"

巴可把萨克斯重重地往地上一摔，噔噔噔地走了。

果狸被吓了一跳，看着扔在地上的萨克斯，不知怎么办才好。

过了好一会儿，果狸抱起地上的萨克斯，试着吹了一下。

"普——"

那声音，就像是呜咽。

当巴可再次看见萨克斯，是在他自己的树洞口。它浑身闪着亮光，显得神采飞扬。萨克斯下面压着一张字条，上面写着：

巴可，萨克斯里面有你的生命，别丢了它呀。

那是果狸放在那里的。她已经用毛把萨克斯的每一个角落都擦过了。

巴可拿起萨克斯看了看，轻声嘟哝着："萨克斯里面有你的生命，萨克斯里面有你的生命……"

终于，巴可摇了摇头。

"我已经没有生命了。要它干什么。"

巴可在地上掘了一个坑，把萨克斯放进去。当把土埋上去的时候，巴可才明白，他如醉如痴地吹萨克斯，原来都是为了给米都听的。

现在米都已经不在了，萨克斯也用不着了。

巴可呆呆地坐在树洞口的时候，对面的小树洞里，果狸那黑亮的眼睛，一直看着他。

那双黑眼睛很忧伤。

从此以后，巴可完全变了。

他一天到晚蓬头垢面，在地上躺倒就睡，醒来了，随便在土

里挖点什么就吃，嘴里老是哼着："到处流浪，到处流浪……"

果狸的那双黑亮的眼睛，再也不看他了。

有一天，巴可忽然想起来：咦，怎么不见小果狸了？她到哪儿去了？

他去那个小树洞里看看，里面空空的，果狸早就搬走了。

"她一定是讨厌我这个叫花子一样的熊，哈哈。都走吧，都走吧，剩我一个，死在这里，烂在这里！哈哈哈！"

巴可这么对自己说着，又哼着曲子走开了。

"到处流浪，到处流浪……"

他已把萨克斯忘得干干净净了。

巴可已不知道时间过了多久。

一天夜里，巴可睡在他的树洞里。树洞里发出一阵阵霉气，但巴可是无所谓的，依然睡得很死。

在梦里，巴可听到了萨克斯。

掉在岩石上的一片枯叶，思念着它的青色的树枝；

一滴青苔上的水，掉到了静静的水潭，再也找不到自己；

大海上的一叶帆，努力漂向永远够不着的月亮……

巴可醒来，发现自己眼睛里全是泪水。

他不知道自己的泪水是因为难过，还是因为高兴。他以为自己完全忘记了的萨克斯，又那么真切地响了起来。而且，这曲子，就是在他最有才气的那段时间里创作的。

他知道自己原来还是爱着萨克斯的。

可是，巴可的梦醒了，那曲子却还在奏着。不是萨克斯，而且更幽怨一些的长笛。

那声音，就是从对面的小树洞里传来的。

巴可跳了起来，奔出去。

是果狸在小树洞口吹着长笛。

果狸停下来，看着巴可。

"巴可，我到很远的地方学长笛去了。"

"我……"

"巴可，我吹的全是你创作的曲子。"

"我……"

"巴可，你不吹你的萨克斯了吗？"

"我……"

"巴可，你知道每天的太阳都是新的吗？"

巴可把头低下去了。

仿佛有电在身体里奔流，巴可一转身，朝自己的家门口跑去。

他在地里挖起来，挖那只埋在土里的萨克斯。

可是，土下面没有萨克斯。

巴可开始发疯似的在地上乱挖起来。一会儿就挖开了一大片土。

果狸走到他的面前，一道金黄的光一闪。

"这是你的萨克斯。"

果狸的手里抱着那支萨克斯。这只锃亮的萨克斯，每一道缝隙里都是锃亮的。

"我每天都擦它的。"果狸说。

巴可忽然发现，这么多天不见，果狸已经变得这么漂亮了。

"果狸，你……"

"什么，巴可？"

"你为什么要学长笛？"

"因为，长笛里有我的生命。"

"你以前就能听懂我的曲子？"

果狸低下头，说："是的，我都懂。"

他们一边说着话，一边往山坡那边走去。那里，月亮已经升起来了。长笛和萨克斯，都在月亮下闪出神气的光，一道金黄色，那是黄铜的萨克斯；一道银白色，那是白银的长笛。

钟　声

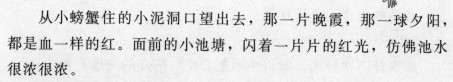

● 冰　波

　　从小螃蟹住的小泥洞口望出去，那一片晚霞，那一球夕阳，都是血一样的红。面前的小池塘，闪着一片片的红光，仿佛池水很浓很浓。

　　小螃蟹特别喜欢傍晚。

　　"多么安宁啊，如果一直是这样，那该多好……"小螃蟹叹了一口气，轻轻地说。

　　远处，传来了一种特别的声音：

　　"空……空……空……"

　　天哪，这个声音又来了！小螃蟹的心猛地抽了一下。

　　这个声音是从很远的地方传来的，抖抖的，沉沉的，听起来好像很寂寞，很烦闷，又很悲伤。

　　每次听到它，小螃蟹的心情就会变得特别沉重，有一种说不出的难过。

　　"怎么会这样的？听到这个声音，就会那么难过？"

　　小螃蟹自己也不明白。

　　小螃蟹发现，住在周围的小动物们，听到这个声音，也都显得很不安。小鸟在树上跳来跳去，小兔子的耳朵紧张地一扇一扇，小刺猬蜷成一团，躲进了树洞里……

　　小螃蟹向那个树洞走去，问小刺猬："喂，这是什么声音？"

　　小刺猬很神秘地小声说："嘘——那是住在老石洞里的老乌

胡萝卜先生的胡子

龟，又在敲他的钟了……"

小刺猬说完，立刻就钻进树洞里去，好像害怕似的。

老乌龟？敲钟？

小螃蟹想起来了。在这个地方，一直有这样一个传说：有一只住在一个老石洞里的老乌龟，他的行动总是很神秘，白天在洞里睡大觉，一到了天黑，就出来到处爬，像个游魂似的。他也从来不说话，也从来不看谁一眼。他身上的大背壳，长满了褐色的苔藓，看起来永远是又冰凉又潮湿。

老乌龟为什么要敲钟呢？

"空……空……空……"

那声音还在传来，听得小螃蟹心里一阵阵的发虚、发冷。

"可是，我一定要去看看，到底是什么样的钟，会发出这么怪的声音……"小螃蟹想。

天已经很黑了。

小螃蟹吸一口气，向发出怪钟声的方向爬去。月亮也跟着小螃蟹走，好像鬼鬼祟祟似的。

离那"空空空"的声音越来越近了。小螃蟹的心跳得很厉害。

小螃蟹已经到了老石洞口了。他躲在一块石头后面，偷偷向前看。

淡淡的月光下，可以看见老乌龟黑黑的影子。他一手抱着一个大钟，另一只手掌一下一下，慢慢地往大钟上敲：

"空……空……空……"

每敲一下，老乌龟就掉下一滴眼泪。眼泪在月光里闪一下亮，掉在他抱着的那个大钟上。

小螃蟹再仔细一看，吓了一大跳。老乌龟抱着的那只大钟，竟是一只大大的螃蟹壳！那螃蟹壳颜色红红的，看起来很干，很厚，硬硬的。

啊，用螃蟹壳来做大钟！小螃蟹感到一阵难过。

"空……空……空……"

那声音，还在一下一下地响着。

又一个传说，在小螃蟹的耳边响起来了。

……很久很久以前，有一只老乌龟，他有一个乌龟孩子，是唯一的一个，动物们经常能看见这一老一小，在草丛里慢慢地散步。可是有一天，在傍晚的时候，老乌龟的孩子不见了，听说，他是被一只很大的螃蟹用钳子钳死，慢慢地吃掉了。从此以后，老乌龟就不会说话了。每天晚上默默地爬来爬去，不知在找他的孩子，还是在找钳死他孩子的大螃蟹……

小螃蟹浑身一哆嗦：现在，老乌龟一下一下敲着的螃蟹壳，是不是那只大螃蟹的遗骨呢？

老乌龟为什么总是每天傍晚要敲这螃蟹壳，而且每敲一下，就要流下一滴眼泪？他是在恨那只大螃蟹，还是想把他的孩子从螃蟹壳里拍出来呢？

这些问题，恐怕永远是个谜了。因为，老乌龟已经不会说话了。

"空……空……空……"

这声音，是多么令人害怕啊……

小螃蟹吓得逃回了他的泥洞。

天上的月亮很苍白。

小螃蟹想：老乌龟就这么一辈子敲那螃蟹壳吗？这样，那死去的大螃蟹永远也不会得到安静的，老乌龟也永远不能安心的呀。还有，知道这个故事的人，只要一听到这"空空空"的钟声，也都永远不会安宁的……

小螃蟹冒出了一个奇怪的念头。他再次走出泥洞，一步步向老乌龟的老石洞爬去。

到了那里，小螃蟹在石头后面等着。一直等着。

老乌龟一直敲着他的钟，敲一下，流下一滴眼泪。

天快要亮了，老乌龟停住了手，疲惫地爬进老石洞里去，他要睡了。

那大螃蟹壳留在洞外，没有了声音。

小螃蟹向它爬过去。

空空的螃蟹壳，那两只眼睛是发白的。

小螃蟹用他的两只钳子，钳住了大螃蟹壳，拖着它走。

小螃蟹来到一块长着小草的地方，用他的钳子在地上挖了一个坑，把螃蟹壳放了下去。然后，再用土盖上，种上几棵小草。

做好了这一切，小螃蟹回到了他自己的洞里。

他很累。

天大亮了。太阳又开始像往日一样，照一小块在他的洞口。

小螃蟹睡着了。

从此以后，就再也没有听到那"空空空"的钟声了。

小螃蟹常常想：我不知道自己做得对不对，可是，我希望大家都能高兴地生活在这个世界上。祖辈们留下来的一些伤心事，最好能忘记它。就像这每天一样升起的太阳，照到的是一个比昨天更好的新世界……

"不知道老乌龟现在怎么样了？今天，我去看看他吧，虽然我是那么的怕他。"小螃蟹想。

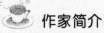

☕ 作家简介

冰波，国家一级作家。20世纪70年代开始文学创作，从婴幼儿至中学生均有适龄作品，是中国抒情童话的代表作家。迄今已出版各种童话作品240余种，发表单篇童话2000余篇，创作动画片剧本230余集。有多篇作品被选入内地及香港的小学语文和幼儿教材，多本图书被国家新闻出版总署、教育部、中国图书

馆协会列入向青少年推荐的优秀图书。作品曾获全国优秀儿童文学奖（3次）、全国"五个一工程"奖（3次）、国家图书奖（2次）、宋庆龄儿童文学奖（1次）、冰心儿童图书奖、新作奖等（多次），计五十余项。根据他的原著改编的动画片《白色的蛋》曾获"最佳美术片金鸡奖"及优秀美术片"童牛奖"。

母亲花

● 鲁 冰

又到周末了，小兔拿着一根胡萝卜，走出农场的大门，走向远处的邮局。

小兔在农场打工已经一个月了，他每天吃的都是农场里拔下来的青草，到了周末，他才能得到一根美味的胡萝卜。可是每一次，小兔都没有把胡萝卜吃下去，而是寄给了远方的妈妈。

小兔走进了邮局，那儿好忙碌啊：小熊给妈妈寄的是一罐香甜的蜂蜜，小猪给妈妈寄的是一袋又大又圆的马铃薯，小鹿给妈妈寄的是一束盛开的康乃馨……

小兔把那根胡萝卜装进邮包，写上地址：戈壁滩边，兔妈妈收。然后，小兔将邮包递给了邮递员小燕子。

"叽喳！叽喳！"快嘴的小燕子说，"怎么只给妈妈寄一根胡萝卜呀？"

小兔低着头，不敢看周围的人。他的眼睛那么红，也许是因为他思念妈妈，睡不着觉的缘故吧。

"好小气的红眼睛小兔哇！"小燕子将邮包放进了邮车。

小兔禁不住流出了眼泪，他的眼睛更红了。忽然，他仰起头，冲着小燕子说："你以为我不想给妈妈多寄一些吗？妈妈生病了，每天只能吃到干树叶，可是我每个星期只能挣到一根胡萝卜……"小兔的话还没说完，就哽咽着跑出了邮局。

小兔每天都在为妈妈的身体担心，他能放弃这份工作，回家

看望妈妈吗？

不，他到了家里，只会使家中仅有的干树叶早一天吃完，妈妈再也不能吃到美味的胡萝卜！

一个月过去了，又一个月过去了……这一天，小兔收到了妈妈寄来的一封信："我的孩子，冬天就要到了，快快回到妈妈身边吧。我每天吃一根你寄来的胡萝卜，很快就恢复了健康；而你寄来的那袋胡萝卜种子，我已经种在戈壁滩上，它们长得那么好，结出的胡萝卜足够我们吃一冬了……"

"每天吃一根胡萝卜？胡萝卜种子？这是怎么一回事儿，妈妈一定是病糊涂了！"

小兔急切地向家乡的戈壁滩跑去……

远远地，他看见家门前有一片绿色的海洋，风儿吹过，送来阵阵诱人的气息，而妈妈正守望在门边，脸上带着幸福的微笑。

"妈妈！妈妈！"小兔一头扑进了妈妈的怀里。

"孩子，我的好孩子！"兔妈妈紧紧地拥抱着小兔，"孩子，你寄来了一袋多么宝贵的种子，我们能收获一篮又一篮胡萝卜了！"

"不，妈妈，胡萝卜种子不是我寄的。我只给你寄过胡萝卜——每周只寄一根。"小兔满腹疑惑地说。

"难道是邮递员小燕子送错了？"兔妈妈惊讶地说。

"小燕子？"

小兔久久地沉思着……

第二天，小兔来到邮局。可是小燕子已经不在那儿了，接替他的，是一只喜鹊。

"喜鹊大婶，小燕子到哪儿去了？"小兔急切地问。

"小燕子已经回南方了。"

"回南方了？"小兔失望地说，"他还会回来吗？他一定是回到妈妈身边了吧！"

"小兔，小燕子可没你这么幸福"，喜鹊大婶说，"小燕子的妈妈已经不在了——她就长眠在农场边的那个小山坡上。可是，就在几个月前，小燕子又找了一位新妈妈——一位生病的老兔子。小燕子买了许多胡萝卜，带给兔妈妈补养身体。小燕子还说，明年春天，他从南方归来的时候，还会带回一些花种子，它们会开出非常美丽的花儿。"

"那是什么花？"小兔问。

"那是康乃馨——献给母亲的花"，喜鹊大婶说，"它们将绽放在燕妈妈长眠的小山坡上，也将绽放在兔妈妈家门前的戈壁滩上……"

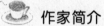

作家简介

鲁冰，童话作家。曾在《中国儿童报》、《儿童文学》、《中国校园文学》等刊物上发表童话200多篇。2005年出版童话集《月亮生病了》，2006年出版童话集《最亮的眼睛》，2008年出版少年传记《王羲之》。曾获冰心儿童文学新作奖、山东省精神文明建设"精品工程"奖、泰山文艺奖等奖项。多篇童话入选《中国年度童话》、《中国幼儿文学精品》、《诵读中国》、《21世纪中国文学大系》等。童话集《月亮生病了》入选2006年国家新闻出版总署向全国青少年推荐的百种优秀图书。

两个蛋糕

● 鲁　冰

　　森林里就要举行做蛋糕比赛了，小熊非常想参加，因为谁要是被评为第一名，就能得到一辆滑板车。

　　小熊先去母鸡的商店里买鸡蛋，他走得那么快，就像是站在滑板车上——的确，他正想象着自己站在滑板车上呢。瞧，他两手向前伸着，握着一个并不存在的把手："呜——"他很快就到了商店门口。听，母鸡正在里面唱歌儿呢：

　　一位神奇的老婆婆，

　　送我一朵神奇的七色花。

　　七色花哟，七色花，

　　飞吧，飞吧，

　　快快送我到森林，

　　那儿才是我快乐的家！

这是森林里正在流行的一支曲子——《七色花》。

当小熊买了一篮鸡蛋往家走的时候，他就用《七色花》的曲调，编了一支快乐的歌儿：

　　一位神奇的老婆婆，

　　送我一朵神奇的七色花。

　　七色花哟，七色花，

　　飞吧，飞吧，

　　快快送我到赛场，

胡萝卜先生的胡子

181

赢来滑板车带回家!

小熊又来到小松鼠的商店里。还没等他开口,小松鼠先说话了:"你是来买松子的吧?"

"你是怎么知道的?"小熊奇怪地问。

"瘸腿小兔刚刚买了一袋松子走了。"小松鼠说,"小兔走出店门时,不小心摔了一跤,松子撒了一地,幸亏那不是鸡蛋!小兔在捡松子的时候,告诉我说,他已经买了一篮鸡蛋,等到把松子带回家后,他要做一个大大的蛋糕,参加做蛋糕比赛。他想赢得那辆滑板车——站在滑板车上滑行,他就不会老是摔跤,也就没有人知道他是一只瘸腿小兔了⋯⋯"

小熊提着一袋松子离开的时候,脚步变得沉重了——虽然松子比鸡蛋轻许多。

他走到小河边,用《七色花》的曲调,编了一支祝福的歌儿:

> 一位神奇的老婆婆,
>
> 送我一朵神奇的七色花。
>
> 七色花哟,七色花,
>
> 飞吧,飞吧,
>
> 快快飞到小兔家,
>
> 让小兔的瘸腿变好吧!

比赛的日子来到了,小熊捧着刚出炉的蛋糕,向赛场走去。这个蛋糕才叫棒呢:那么松软,那么金黄,上面撒着一层香喷喷的松子,还点缀着五朵颜色各异的奶油花——它们比真正的花儿还要鲜艳,还要美丽。这样的蛋糕,有谁忍心去吃呢?它只适合招待一位花仙子——的确,小熊很希望能有一位仙子来把蛋糕带走,而不想拿着它去参加比赛!

"小熊,你怎么在赛场外停住了?"母鸡扭着屁股走来了,"你不像是去参加一场有把握赢的比赛呀,倒像是去挨批评。"

"啊，好棒的蛋糕！"小松鼠也来了，"你一定能赢得滑板车！到时候，我坐在滑板车的把手上，你带着我滑回家吧！"

母鸡和小松鼠把小熊推进了赛场。

小熊走上评奖台，将蛋糕放在那儿。一张卡片插在了小熊的蛋糕上，上面写的是：10号，小熊。

评奖台上已经放了一大排蛋糕，与小熊的蛋糕紧挨着的，是一个怎么也说不上好的蛋糕：个头儿倒是不小，可是烤焦了；奶油花做了好几朵，却像是风雨过后飘落的花儿；松子撒了不少，可是在那些"落花"的映衬下，就像是雨后溅起的泥点。

小熊一看卡片，上面写的是：9号，小兔。

就在这时，只听"咚"的一声，所有的人都惊讶地望过去：原来，瘸腿小兔在走下评奖台时，不小心跌倒了……

裁判们开始评奖了：孔雀将羽毛收得紧紧的，以免影响人们观看蛋糕的花色；猫头鹰睁着一只眼，闭着一只眼——这可不是心不在焉的表情，而是他特有的专注神情；老牛小心翼翼地切了一块蛋糕，用心品尝着……评奖台下的小动物们一个个紧张地盯着评奖台，谁也没有注意到，小熊已经不声不响地走出了赛场……

一阵雷鸣般的掌声从赛场内传了出来，紧接着裁判长孔雀开始宣布获奖名单："第三名：猪婆婆；第二名：羊大婶；第一名……"

小熊已经走到了小河边，后面的声音听不见了。他望着缓缓流淌的河水，又编了一支祝福的歌儿：

一位神奇的老婆婆，

送我一朵神奇的七色花。

七色花哟，七色花，

飞吧，飞吧，

快快飞到比赛场，

让小兔把滑板车赢回家！

胡萝卜先生的胡子

就在这时，小兔站在滑板车上，风一般地从小熊身边滑过。没有人知道，他是一只瘸腿的小兔；也没有人知道，就在小兔跌倒在评奖台下的时候，是小熊将自己蛋糕上的卡片与小兔的掉了个个儿……

一块银元

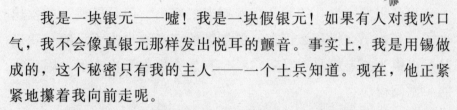

● 鲁　冰

　　我是一块银元——嘘！我是一块假银元！如果有人对我吹口气，我不会像真银元那样发出悦耳的颤音。事实上，我是用锡做成的，这个秘密只有我的主人——一个士兵知道。现在，他正紧紧地攥着我向前走呢。

　　"可爱的银元！"主人松开手，我在阳光下发出银白的光芒——银子的这一手我也会！可是主人不放心，又把我攥紧了。我在黑暗中听见他说："我就要上战场了，我想用你换一双新鞋——穿上新鞋就能跑得更快，免得挨枪子儿！"

　　"我做了一双鞋子"，是一位老奶奶的声音，"我想用它换一块银元，给我的儿子治病。我这身子骨一天不如一天了，要是我的儿子还不能从病床上下来，日子就没啥指望了……"

　　老奶奶絮絮叨叨地说着，声音越来越近了——她与我的主人走了个正当面。天下的事就是这么凑巧儿！

　　于是，他们二人得到了各自想要的东西。

　　老奶奶捧着我看了又看，然后把我贴在胸口，就像母亲对待襁褓中的儿子一样。

　　"我有一块银元了！我的儿子有救了！"

　　老奶奶抚摩着我，我可不像婴儿那般柔软——这是毫无疑问的，但是老奶奶感觉不到——她的手是那么粗糙，还有一道道皲裂的口子，挠得我直发痒呢。她又把我贴在嘴唇上，亲了又亲；

她甚至想轻轻地咬我一口——如果她有牙的话。

不久，我就被老奶奶送到一个郎中那里。

"快救救我的儿子吧，我只有他一个亲人了。"

郎中对我猛吹一口气，紧接着放在耳边……

"老太婆，你想用这假钱来骗我呀！"

我被郎中狠狠地扔到地上。

"假的?!"老奶奶弯腰把我捡起来——不，她用不着弯腰，因为她的背驼得那么厉害，以致一伸手，就能摸到地面。

我多想发出悦耳的颤音来安慰老奶奶啊！但是即使真的发出来了，老奶奶聋得那么厉害，那细微的声音她也听不见啊！我还是发出银光给老奶奶看看吧，哎！我怎么也发不出来了，因为我的心憋闷得厉害。

"假的！"老奶奶流出了仅有的两三颗泪珠儿，是的，这个干瘪的老奶奶又能有多少泪珠儿呢？这几颗泪珠儿本该顺着脸上的皱纹流淌的，可是皱纹密密麻麻的，致使泪珠儿迷路了，它们只好兀自挂着了。

老奶奶拿着我，颤巍巍地走出郎中的屋子。她的背驼得更厉害了——那张脸几乎贴到了地面上，可她那昏花的老眼还是看不清道路——一块石头一下把她绊倒了！老奶奶趴在地上，看着滚落到一边的我，说：

"小银元啊，你为什么是假的呢？……"

听着老奶奶的哭诉，我也悲伤地哭了。是啊，老奶奶是怎样睁大浑浊的眼睛，在如豆的灯火旁，一针一线地做鞋呀！那活儿，她年轻的时候做起来倒是挺轻松的，可是如今却做了一夜又一夜：她的双手老是颤抖，就像那夜夜在寒风中敲打她家窗棂的枯枝；她的眼皮总是要合上，于是她就把扎头绳取下来，拴住眼皮，可是不行，她还是打瞌睡了，这使得一缕披散下来的头发被油灯烧焦了！你看，她现在还露出一块头皮呢！可那又有什么关

系呢？她是那么老，头发又是那么花白，没人在意这一点。

"老奶奶，你怎么趴在地上哭呀？"一个士兵走了过来。

老奶奶吃了一惊，以为我的主人又来了——有的时候，一个黑心人与一个好心人在外表上没什么差别。

我在阳光下一闪一闪的，示意老奶奶仔细看看这个士兵。

听着士兵那一声声发自内心的安慰的话语，老奶奶眨了眨眼睛——她终于看清楚了。于是，她把自己的遭遇说了。

"我这儿有一块真银元，我们交换吧！"士兵说。

老奶奶惊讶地张大嘴，又用力摇摇头。

"我反正快要上战场了"，士兵说，"这块银元在我身上也没用，说不定它会与我一起埋进坟墓呢！既然这样，对我来说，一块真银元与一块假银元没什么区别！"

于是，士兵把自己的一块银元放在老奶奶手中，又把我捡起来，带走了。

事实上，士兵是想用他那块银元买一个布娃娃，给他刚满周岁的女儿寄去的。

"可是现在不能了"，他对我说，"如果我能活着走下战场，我要把你这个小家伙带回家，穿个孔，挂在我女儿的脖子上——你倒是一个不错的饰物呢！"

于是，他把我装进胸前的口袋。

我紧贴他温暖的胸口，听到那颗心在不停地跳动。

不久，这个士兵走上了战场。我听到了隆隆的炮声和密集的枪声，还有那骤雨般的呐喊，我在士兵的胸口紧张地跳动。士兵的爱是那么强烈，这使得他的心火热；但同时，他的恨也是那么强烈，这使得他的心冰冷——我感到自己像是投进了熔炉，又像是掉进了冰窖。

这时候，我听到了尖利的呼啸声——一发子弹直射向士兵的胸口！

胡萝卜先生的胡子

他就要死去了吗？我吓得昏了过去……

当我醒来的时候，战斗已经结束了。我惊喜地感觉到，士兵的心还在跳动——他正与一大群人快步向前走。

"担架上这个人已经死去了！"我听见了一个声音。

"他在战场上跑得那么快"，这是另一个声音，"因为他穿着这一双针脚密集的合脚的新鞋子，可他不是往前冲，而是向后逃，正巧遇到一发呼啸而来的子弹！"

"这双鞋子是我做的啊……"是那位老奶奶的声音！

"老奶奶！"我听见士兵的心剧烈跳动起来，"我又见到您了——是您的银元救了我的命：它挡住了射向我胸口的一发子弹！"

"你这个好心的小士兵"，老奶奶说，"你的银元也救了一个人的命：这是我的儿子，他从病床上下来了！"

士兵把我掏出来，我又沐浴在温暖的阳光中了。我看到了满面尘灰的士兵，也看到了与儿子站在一起的老奶奶——他们三个全都惊喜地看着我：啊，我变成了一块黄灿灿的金币！

稻草人的心

● 皮朝晖

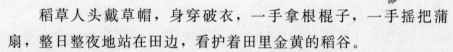

稻草人头戴草帽，身穿破衣，一手拿根棍子，一手摇把蒲扇，整日整夜地站在田边，看护着田里金黄的稻谷。

麻雀们怕稻草人的棍子，不敢放肆地偷谷子吃，恨死了他。燕子们却和稻草人做了好朋友。燕子们常来捉害虫吃，稻草人也帮着找，看到虫子就指给燕子们去抓；燕子们热了，稻草人就用草帽为他们遮凉，用扇子为他们扇风；燕子们累了，稻草人就让他们在自己的肩膀上休息……

燕子们很感激稻草人，都说："稻草人，你的心真好，比红宝石还要美100倍啊！"

这话被一只麻雀偷听到了，急急忙忙地飞去告诉麻雀们。

稻草人听了燕子们的赞美，没有做声，好像很难过的样子。燕子们问他怎么啦？稻草人说："农民扎我的时候，忘了做心，所以我没有心啊！"

"没有心？"燕子们都安慰稻草人，"不用难过，我们每人送一颗心给你吧！"

于是，燕子们把自己喜欢的树种送给了稻草人。有桃核、李核、梨核、榕树子、苦楝子、杉树子、松树子……

稻草人的胸膛里就有了一大把心了，他多么高兴啊，这是他的心，同时也是朋友们的心。

再说麻雀们听说了稻草人的心比宝石还要好，都打起了鬼主

胡萝卜先生的胡子

意，想去把稻草人的心抢来。

麻雀们太想发财了，说干就干，一窝蜂地拥去，叽叽喳喳，一片嘈杂。

到了田边，一见到稻草人的棍子，胆小的麻雀不敢前进了，吓得腿都在打战。几只大麻雀壮着胆子冲上去，尖叫着落到稻草人的草帽上乱啄。

稻草人慌忙挥动棍子，却怎么也够不着麻雀。

正在田里捉害虫的燕子们一看这架势，都气愤了，飞过来帮助稻草人。几经交锋，麻雀们打不过燕子，又一窝蜂地逃走了。

稻草人这才松了一口气。要不是燕子们帮忙，说不定稻谷又会受损失。稻草人一个劲地感谢燕子们。

有一只燕子说，刚才麻雀们不像来偷粮食吃，而是要害稻草人。稻草人笑着说："我不过是一把稻草，只要粮食不受损失，就是死也值得。"

燕子们都劝告稻草人今后要多加小心。

麻雀们逃回去后，叽叽喳喳地开了会。他们一致认为，稻草人其实不可怕，讨厌的倒是那群燕子。商量了许久，他们决定在冬天，等燕子们都到南方去后，再把稻草人的心抢来。

冬天来了，燕子们告别了稻草人，飞到温暖的南方去过冬了。

麻雀们神气起来，又一窝蜂地拥去抢宝石。

看到闹哄哄的麻雀，稻草人一点也不慌张。这时候稻谷已收割完了，田里只剩下硬扎扎的禾兜，让他们来吧，什么也偷不到的。

没想到，麻雀们一齐飞过来，团团围住稻草人，如临大敌。稻草人大吃一惊，不知道麻雀们要干什么。

"快把你的心交出来！"麻雀们尖声嚷着。

这怎么行呢？那是朋友们送给稻草人的。

　　稻草人生气了，挥起了棍子，胆小的麻雀吓退了几步，有几只大麻雀却飞上稻草人的帽子，拼命地啄。

　　接着，麻雀们一拥而上，狠狠地啄稻草人。

　　稻草人的草帽掉了，衣服扯烂了，身上的稻草也被麻雀们一根根撕下来。一会儿，稻草人的眼睛被啄掉了，再也看不见了；手被啄断了，再也挥不动棍子；身子散架了，再也站不稳……

　　就这样，稻草人被麻雀们杀害了。

　　麻雀们在稻草人的胸腔里找出了心。奇怪的是，稻草人不是一颗心，而是一大把，大的、小的，圆的、扁的，红的、黑的……

　　也好，麻雀们每个分了一颗，然后，哄然而散。

　　麻雀们做贼心虚，害怕燕子们回来后发现自己干的坏事，就在田边挖洞，把"宝石"埋了起来。

　　春天来了，燕子们回来了，他们没见到稻草人，到处找，怎么也找不到了。麻雀们也找不到自己埋下的"宝石"，都猜疑是同伴偷了，整天叽叽喳喳吵个不停。

　　后来，燕子们发现田边多了一片小树林，树林里什么树都有，桃树、李树、梨树、榕树、苦楝树、杉树、松树……每一棵，都是格外的美丽，这正是稻草人的心啊！燕子们终于找到了他们的朋友——稻草人。

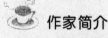 **作家简介**

　　皮朝晖，湖南岳阳人。现为湖南教育报刊社《小学生导刊》编辑，系中国作家协会会员、湖南省戏剧家协会会员。主要作品有童话集《故事王子》、《故事公园》和《给火车开门》，系列童话《面包狼皮特》等。作品曾全国优秀少儿读物奖、湖南省"五个一工程"奖、冰心儿童文学图书奖、张天翼童话寓言奖、湖南青年文学奖、全国儿童文学奖等。

阿明和他的东西

● 皮朝晖

游 行

一天深夜，阿明睡着以后，布娃娃偷偷地哭了。布娃娃被阿明当靶子刺，还一脚踢到了床底下。布娃娃痛得难受，忍不住"呜呜"哭出声来。

鞋子把布娃娃扶起来，愤愤不平道："阿明这家伙从不把我们当数，经常乱踢乱摔，真叫我短命啦！"

墙上年画中的小女孩跳到地上，也气呼呼地说："我本来漂漂亮亮，阿明这坏蛋却给我画上胡子。"

布娃娃、鞋子和年画小女孩越说越气愤，他们决定出走，离开这个坏主人。

但是门拴紧了，怎么也打不开，只得放弃了出走的计划。

鞋子又出了个主意："我们游行示威，抗议阿明的统治！"

布娃娃和年画小女孩都认为这是个好主意。于是，游行开始了。他们在房里转圈，高喊着口号："打倒阿明！"

后来，被阿明撕烂了的本子、摔破了的钢笔、弄脏了的手帕、扭断了一只手的变形金刚都参加了游行。而且，他们还写了许多的标语，贴在墙上：

"反对阿明的统治！"

"实行主人竞选制度！"

"理解万岁！"

"严禁迫害玩具、文具和用具！"……

不多久，加入游行队伍的东西越来越多，排成一条长龙，浩浩荡荡地围着房子转圈。

政变

游行之后，天色已是微明，大家仍不愿散去。由鞋子主持，召开大会，声讨阿明的罪行。

所有的东西都出示了自己身上的累累伤疤，一个个说得泪水直流。钢笔和本子担任记录，把阿明的滔天大罪一条条写下来。

怎么对付这个坏主人呢？大家的意见有了分歧。冲锋枪要起义，喇叭要谈判，乒乓球要逃跑，气球要自杀……

正当大家争得不可开交的时候，突然闹钟响了，到了阿明起床的时间。东西们慌神了，急得满屋子乱窜，没一个找到自己原来的位置。

阿明醒来了，一看房里，大吃一惊，年画掉在地上，布娃娃倒在门边，鞋子只有一只，还有许多其他的东西撒满一地。

这是怎么回事呢？阿明找到鞋子穿好，仔细一看墙上，发现了那些标语，还有那个记满他的罪行的本子。阿明这才明白昨晚有人游行，阴谋推翻他！

"这还了得！立即镇压！"阿明怒视着那些要打倒他的标语，气得大叫，抓起玩具冲锋枪，准备血腥屠杀。

冲锋枪起义了，掉转枪口，对准阿明噼里啪啦地扫射。阿明胸部中弹，丢下冲锋枪，打开门，夺路而逃。

乒乓球比他跑得还快，阿明一脚踩在球上，"叭"的一声，在门口摔了个四脚朝天。

接着，又是"啪"的一声，气球在他的身下自杀。

"快投降吧！"喇叭喊话了，"我们谈判。"

193

阿明爬起来，握紧拳头，准备决一死战。鞋子死死拖住他的脚，阿明一步也动不了，被东西们团团围住了。

最后，阿明不得不在谈判桌边坐下来。叛乱的东西们要求阿明辞职，实行自由竞选主人制度。

阿明看看闹钟，再不出发就要迟到了，只好答应辞职，其他事情放学以后再说吧！

竞选

晚上，正式竞选主人。屋里的一切东西都是平等的，都可以参加竞选，凳子也不例外。因此，辞去了主人职务的阿明只能坐在地上。

竞选演说之后，就是投票选举，阿明偷偷投了自己一票。结果，鞋子得票最多，当选为主人。

阿明见自己没选上，很不服气，提出再选一个副主人。他想，当不了主人，当个副主人也好。

鞋子不同意："主人只能是一个，不能设置副职，要选就选第一东西吧！"

东西们都赞成，于是又投票，选出了布娃娃当第一东西。

阿明更生气了，还不甘心，又要求选第二东西、第三东西……最后，屋里的东西都选完了，阿明才当了个第五十七东西。

新主人鞋子及各位东西讨论之后，订出了如下规定：

主人由竞选产生，任期一个月；

全体东西无条件服从主人；

级别低的东西服从级别高的东西。

阿明可苦了，这下子一落千丈，今后谁都可以指挥他。

第二天早晨，阿明要上学，但是大家都是他的上级，他不能随便带走任何东西。阿明只好写了一叠请柬：

"恭请××大驾跟我去上学。第五十七东西阿明谨呈。"

这样，阿明才能穿上衣服、鞋子，背上书包，离开家里去上学。

因为鞋子是主人，阿明必须特别小心。一路上提防着石子、泥巴、灰尘，连走重一点都不敢。

后来的几天里，阿明按照各级上司的命令，缝好了布娃娃、擦掉了年画小女孩的胡子、糊好了扯坏的本子、修好了摔破的钢笔、洗干净了脏手帕……

艰难的一个月终于过去了，鞋子任期已满，改选主人。阿明当然要参加竞选，他发布了竞选演说："如果我当上了主人，一定让各位东西有一个舒适清洁的环境，有一个美丽常新的面孔，我一定爱惜各位东西，决不虐待……"

阿明的行动大家有目共睹，他的演说又这样富有吸引力，许多东西动心了，投了他的票。就这样，阿明当选为主人。

此后，阿明真像他在竞选中说的那样爱惜东西了。东西们也乐意为他效劳，愿意选他当主人。

胡萝卜先生的胡子

195

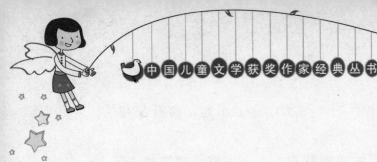

愚公和呆子

● 皮朝晖

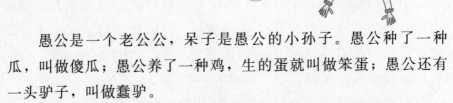

愚公是一个老公公，呆子是愚公的小孙子。愚公种了一种瓜，叫做傻瓜；愚公养了一种鸡，生的蛋就叫做笨蛋；愚公还有一头驴子，叫做蠢驴。

一天，愚公带着呆子，赶着蠢驴，挑着傻瓜和笨蛋去赶集。

走着走着，突然，前边一条河挡住了去路。河上没有桥，怎么过呢？爷孙俩愣在河边，商量着对策。

愚公说："回去拿把锄头来，挖一座山填在河里，就可以过了。"

呆子说："修一架桥还容易些！"

愚公说挖山好，呆子说修桥好，爷孙俩争得面红耳赤，也没争出个结果来。

这时，摆渡的艄公听到了，哈哈大笑："一对大傻瓜！"

"对呀！"愚公和呆子同时大叫，他们忙向艄公道谢。然后，愚公和呆子把大傻瓜推入河里，抱着瓜一趟趟地运。先运过了呆子，再运过了笨蛋，然后运过了蠢驴，最后运过了愚公。

就这样过了河，爷孙俩又上路了。

走着走着，愚公和呆子突然饿了，肚子咕咕叫起来，怎么办呢？爷孙俩又商量开了。

愚公说："在路边开块荒地，种点谷子就可以填饱肚子了。"

呆子说："回去拿吃的快些呢！"

于是，爷孙俩有争起来。一个要种谷子，一个要回家拿，争

得面红耳赤。肚子越来越饿了，仍然没个结果。

这时，路边的农夫听见了，忍不住笑道："两个笨蛋！"

"对呀！"愚公和呆子同时大叫，忙谢了农夫。然后，爷孙俩歇下来，每人拿了两个笨蛋吃了，肚子填饱了，又开始赶路了。

走着走着，愚公和呆子突然感到累了。尤其是愚公，挑着沉重的担子，更是走不动了。怎么办呢？爷孙俩又商量开了。

愚公说："先回去，等我生一个力气大的儿子再来挑！"

呆子说："那还不如站在这里，等我长大了挑！"

于是，爷孙俩又争开了，一个要回去生，一个要站着等。争得面红耳赤，越来越累了，却毫无结果。

这时，路上一位行人听见了，嘲笑道："蠢驴！"

"对呀！"愚公和呆子同时大叫起来，忙向行人道谢。然后，愚公把沉重的担子放在驴背上。

走着走着，不多久就来到了集市上。爷孙俩卖掉了傻瓜和笨蛋，拿着钱，赶着驴，高高兴兴地回家了。

走着走着，一条河挡住了去路。愚公和呆子想起大傻瓜没有了，怎么过河呢？这时，他们看到艄公划着渡船过来了。

"没有大傻瓜不是有船么？"艄公说。

于是，爷孙俩就搭渡船过了河。

走着走着，肚子饿了。愚公和呆子想起笨蛋没有了，吃什么呢？这时，他们看到路边有个饭铺。

"没有笨蛋不是有钱么？"老板说。

于是，爷孙俩就买了点东西吃饱了肚子。

走着走着，累了，怎么办呢？有人说："驴子还在，可以骑嘛！"

爷孙俩就轮流骑着走。

就这样，爷孙俩很快回了家。

村里的人听说了愚公和呆子赶集的经过以后，大家都说，愚公不愚了，呆子不呆了，蠢驴也不蠢了。

愚公和呆子很高兴，心想："这全是卖掉了傻瓜和笨蛋的结果呀！"

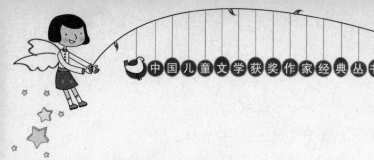

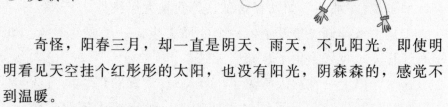

阳光大盗

● 皮朝晖

奇怪，阳春三月，却一直是阴天、雨天，不见阳光。即使明明看见天空挂个红彤彤的太阳，也没有阳光，阴森森的，感觉不到温暖。

就这么一个鬼天气，聪明豆和同学们到郊外春游，半路上，突然下起雨来。

全班五十个人，只带了几把伞，前不巴村，后不着店，看来只有淋雨了。

"卖晴天胶布啰！"雨中突然冒出个小贩，提一个袋子，高声叫卖。

"晴天胶布？"聪明豆一听这个新鲜名词，觉得耳目一新。同学们冒雨围过去："晴天胶布是干什么用的？"

小贩当场表演。他拿出一块胶布，往头顶上一贴，立刻有了一小块晴天，温暖的阳光照亮了小贩光秃秃的脑袋。

同学们又惊又喜，多日不见阳光了，纷纷挤过来。

小贩得意地说："这是最新发明，物美价廉，十块钱买一张！"

真贵呀！但是，不买就会淋雨。大家拿出准备买零食吃的钱，每人买了一张贴在头顶上。

一张晴天胶布使用时间是八个小时，同学们在买来的阳光下玩了一天，倒也有趣。

第二天，聪明豆放学回家时，又在街上碰到了那个秃头小

贩。买晴天胶布的人很多，小贩一下子就赚了一大把钱，喜滋滋的。

聪明豆的爸爸买了一张，贴在阳台上，那些花草在阳光下变得精神多了。

聪明豆的妈妈也买了一张，贴在晒衣杆上，刚洗的衣服、被子很快就干了。

晴天胶布成了全城最畅销、最热门的商品。秃头小贩很快发财了，在聪明豆住的那条街上买下一栋楼房，开了家晴天商场。

小贩变成了阔老板，整天西装革履，神气十足。他还用钱收买了几家报纸为他唱赞歌，已经刊出的长篇通讯就有《光脑袋：我们的太阳》、《他拯救了全城》……

一直是阴雨天，太阳为什么发不出光来了呢？聪明豆对这一反常现象经常思考，他觉得卖晴天胶布的家伙很可疑。

聪明豆决定秘密侦察，查清楚这件事情。

白天，晴天商场做生意，聪明豆要上学，没有机会查。晚上，晴天商场关门后，老板在干些什么呢？这是整个事情的关键。

放了晚学，聪明豆守在晴天商场出口，看秃头老板到哪里去。

商场关门后，秃头老板开着小汽车上了街，不知去向。

第二天傍晚，聪明豆准备了手电筒、刀子等东西，寻找机会，谋划怎样躲到秃头老板的汽车上。

天快黑了，秃头老板才出来，他手里拿着个大袋子，用钥匙打开车门。聪明豆将一块砖头扔到车后，"啪"的一声，秃头老板吓了一跳，过去看。

聪明豆猫腰从车门钻进去，躲在后座下。

秃头老板上了车，关好门，发动了车子。

小汽车走了十多分钟，停下了。

秃头老板抓起麻袋，下了车，关上车门，走了。

聪明豆直起身，一看窗外，发现汽车停在市郊的公路边，正

是上次春游时来过的地方。

幸好车门没上锁，聪明豆跳出来，悄悄跟踪秃头老板。暮色沉沉，秃头老板丝毫也没有发觉有人跟踪。

秃头老板上了山，一直爬到山顶上。

聪明豆远远地伏在山坡上，看住秃头老板。

秃头老板将袋子套在一块圆石头上。

天全黑了，秃头老板背起袋子，下山去了。

聪明豆爬到山顶，找到那块圆石头。他用手电照，奇怪，手电只有一个小亮点，没有光！原来，这是一块吸光石！

聪明豆恍然大悟，整个事情都清楚了。聪明豆搭公共汽车回了家。第二天一早，聪明豆就去警察局报案：秃头老板是个阳光大盗！

警察找到了证据：吸光石，立即逮捕了秃头老板。

在物证、人证面前，秃头老板终于坦白了：一个偶然的机会，他从地里挖出一块石头，发现这块石头能吸走阳光。于是，他就利用吸光石盗走所有的阳光，制成阳光胶布出售，牟取暴利。

秃头老板因为盗窃罪被判刑，晴天商场被没收，那些剩下的阳光胶布全部送给了聪明豆和他的同学们。

太阳重新焕发光明，温暖的阳光照耀着大地。

海外异国志

● 孙幼军

　　怪老头儿很好学。每逢我讲到跟知识有关的事儿，他都瞪着小眼珠儿仔细听。他认为我是"有学问的"。碰到不明白的地方，他还虚心请教：

　　"你们老师是怎么说的来着？"

　　不过，怪老头儿也不乐意让我认为他是没学问的。每次我讲完，他也总要给我讲点儿什么我不知道的事，然后洋洋得意，那神气好像在说：

　　"别瞧你讲的我不知道，我肚子里也有你不知道的货！"

　　这一天也不知怎么回事，我给他讲起斗牛来。提到西班牙，他问我那是什么牙。我说那不是牙，是个国家，带"牙"的国家有好些呢，除了"牙"在后头的，还有"牙"在前头的，在中间的，接着我就给他数了几个，还捎带着讲了这些国家都是什么样儿。后来，话扯远了，我连不带"牙"的国家也给他讲了一通。

　　怪老头儿一边听，一边点头，表示他都听明白了。等我讲完，他连声说：

　　"有意思！有意思！"

　　接下来，他问我：

　　"这里头有没有个大耳朵国？"

　　我不由一愣："什么国？"

　　他说："大耳朵国呀！皮肤是黑是白我不知道，就知道那一

胡萝卜先生的胡子

国的人，耳朵都特别大。"

我问："跟大象似的？"

他说："大象不行！比大象的耳朵大多啦——睡觉的时候，一只耳朵垫在身子底下当褥子；一只耳朵盖在身上当棉被。你说，这到了冬天，有多么暖和！"

我说："到夏天也够热的！"

他很认真地说："这你可就错了！夏天的时候人家不盖着，睡觉的时候当扇子扇。一个人扇，一屋子的人都凉快了！"

我说："一屋子人一齐扇，不是更凉快？"

怪老头儿说："一齐扇，还睡觉不？别看耳朵大，大耳朵国的人可不缺心眼儿，都聪明着呢！人家是一个一个地扇。好比说一间屋里 9 个人，10 点到 11 点有一个人扇，11 点到 12 点，换第二个人，就这么轮换着。到第二天清早 7 点，每个人才扇一个钟头，大伙儿可全都睡了个舒服觉儿，还足够 8 小时！"

我没得说了。这在数学上绝对没错儿。

怪老头儿见我傻了眼，更来劲了："上街的时候，人人都撑起一只耳朵来，晴天遮太阳，下雨的时候当雨伞。下雨没带伞，把你淋个精湿，别扭不？挺好的一把伞，忘在商店里，回去拿，没了！别扭不？人家大耳朵国人，什么时候也碰不上这种别扭事儿！咱们的伞湿了，得晾上半天儿；人家大耳朵国，用完了一抖搂，连个水珠儿都不留！"

我说："真棒，简直没治啦！"

怪老头儿很得意，活像他是"大耳朵国人"。他又接着说："还有个四面国，听说过没有？"

我说："不对，是'四国'，那是日本的一个大岛。"

他问我："那儿的人长着几张脸？"

我说："脸还能长几张？一人一张呗！"

他说："完啦！你那个'四国'，跟我这个'四面国'是两码

子事！四面国的人，一个脑袋上长着四张脸，端端正正朝向东、南、西、北。每张脸上还五官俱全，一样儿不缺！"

我说，"那耳朵可够挤的！"

他说："要不怎么跟大耳朵国的人正好相反呢：他们的人，耳朵都长得特别小，跟蚕豆粒儿似的。可是听动静儿照样清清楚楚——架不住多呀，八只！听说过'耳听八方'没有？那讲的就是他们。最大的好处还在'眼观四路'。上礼拜我在人行道上走得好好的，一个小伙子愣从后头骑自行车撞到我身上。屁股后头这块骨头，到现在还疼呢！我要是四面国的人，眼瞅着他朝我冲上来，还不赶紧躲到电线杆子后头去？何至于挨撞！"

怪老头儿一边说，一边愁眉苦脸地把手伸到后头去摸，看样子确实撞得不轻。

我说："后脑勺子上也长着眼睛，是有这好处。可是您别忘了，也有麻烦事儿！晚上电视里现场直播'世界杯'足球赛的决赛，您让谁看，不让谁看？"

他说："嘻，你当是都像咱们！人家四面国的人工资高，半拉月就能买四台彩电，每面墙边摆一台，人往地板中间一坐，看去吧！"

我说："别的呢？上课的时候就正面的脸听老师讲课，左侧的脸瞧着墙上的苍蝇，右侧的脸看院子里麻雀打架，后脑勺儿上的眼睛……"我想起来坐在我后面的是董小芬，"盯着后边的女同学？"

怪老头儿乐了："你这小子坏！你不会把后边的眼睛闭上？干嘛非得死乞白赖地盯着人家呀！"

我说："那……那……洗脸也不方便呀。一个脸就够烦人的了，要是一下子洗四个，早晨也甭干别的啦！再说，后面的那个也不好洗，还不弄得满脖子都是水？"

看出怪老头儿又要反驳，我赶紧接下去说："还有刷牙，是不是也得刷四回？就算有那么大工夫，还买不起那么多牙膏呢！吃饭怎么办？也跟看电视似的，把桌子中间掏个洞，钻进去坐，

四面都摆上饭菜？摆上四份儿也没用，就一双手，先顾哪张嘴？不打起来才怪！"

怪老头儿不高兴了："也没听说过自己跟自己打架的！都为着同一个肚子，打个什么劲儿？用得着你那么瞎操心么，人家四面国的人活得滋润着哪！别老跟我瞎起哄，你讲那些'牙'的时候，我跟你起哄啦？再这么瞎打岔，'老头儿国'、'竹竿子国'什么的，我就不跟你讲了！"

我怕他真不讲了，赶紧说："您别生气，我不打岔了还不行？您接茬儿讲吧！——'老头儿国'是怎么回事？"

怪老头儿说："这一国全是老头儿，六十岁以下的，一个没有。瞧瞧去吧，满街都是一百七八十岁，二百一二十岁的！那儿的人能活到三百多岁，我这样儿的到那儿去，就算小孩子啦！"

我说："有意思！那六十岁以下的，都跑到哪儿去了？"

他说："猜猜吧！你这个大脑袋，不是挺灵的吗？"

我说："准是都得天花死啦！"

看见怪老头儿不以为然的样子，我又说：

"再不就是这个国家特别地尊敬老人，通过一项法令，把六十岁以下的人全部撵到外国去，永远不许他们回国！"

怪老头儿一个劲儿摇头："不怎么样！照你这么说，'老头儿国'再过些年，不是绝种了？可是，告诉你说吧：再过一万年，老头儿国还是老头儿国！"

我真糊涂了。

怪老头儿得意洋洋地说：

"猜不出来吧？跟你说了吧：咱们人是怀胎十个月就生下来；人家老头儿国怀胎六十年零十个月！这么着，人一生下来就是白头发、白胡子，有些还干脆就谢了顶。牙呢，有的掉一半儿，有的全掉光了。所以老头儿国的妇产医院，孩子一生下来，头一桩事就是抱着他们进牙科，该镶的镶，该配假牙的配假牙，要不

然，怎么吃饭哪！"

"刚生下来就会吃饭？"

"多明白呀！六十岁的人还不会吃饭？吃得油儿着哪——四人一桌，一个炒木须肉，一个熘肝尖儿，一个鱼香肉丝，一个红焖肘子，外带一大碗酸辣汤。老哥儿几个先来一瓶二锅头，慢慢儿地喝着……"

"还喝酒？"

"当然啦。老头儿没不爱喝酒的！"

"老太太呢？"

"什么'老太太'？'老头儿国'，哪儿来的老太太呀！要是有老太太，就得叫'老人国'，没法儿叫'老头儿国'了。老头儿国的人有点儿重男轻女，一看生下来的是个老太太：'真讨厌，又是个丫头，咱们干脆把她扔进水盆子里淹死吧！'这么着，就光剩下老头儿了。"

我问："那老头儿是谁生的呢？"

怪老头儿怔了怔："老头儿……谁……谁生的呀？当然是老太太！噢，那就兴许没全淹死，还剩下几个……"他忽然把眼睛一瞪，把脖子一歪：

"我说赵新新，你这算不算打岔？"

我连连点头："好好好，这回我保证不插嘴了！保证！"

怪老头儿说："嗯，这还差不多。再给你讲讲竹竿子国。竹竿子国在海那边儿，离咱们这儿十万八千里。那地方风大，咱们人去了没辙——顶风走，走不动；顺风走，一吹一个马趴！可是人家竹竿子国的人不怕，他们长得特别：胸口正当中有个大洞，不挡风。顶风走，顺风走，都很自在，皆因风大，人才长得这模样儿，这就叫——叫——"

我说："叫适应性。"

怪老头儿很高兴："对啦，就叫'适应性'！"

胡萝卜先生的胡子

我问："他们出门儿都光着脊梁啊？"

怪老头儿说："那多难看！都穿衣裳，就是衣裳特别，把中间那个洞留出来。除去不挡风，这个洞还有别的用处。那天我从你们学校过，你们正在操场上练操。瞧瞧你们那队走的，一溜歪斜，像什么样子！人家竹竿子国的小学生走起步来，长竹竿子当胸一穿，一串儿一串儿的，别提多整齐啦！"

我说："怪不得叫'竹竿子国'！"

怪老头儿说："也不光因为这个，到处都用竹竿子！他们当官儿的出门不坐小汽车，坐小轿子。两个大个子警卫穿着制服，一左一右站在大门口。一个空着手，一个握着根长竹竿子——有坏人来，就拿竹竿子抢他！等当官儿的一出门，两名警卫立刻走下台阶，把长竹竿子从当官儿的胸口那个洞穿过去，俩人一抬就走了。"

我说："坐这种'轿子'，多难受啊！"

怪老头儿说："你坐过吗？真是的！竹竿子上还挂着两个绳套儿，两只脚往上一跷，坐得稳稳当当。竹竿轿子走起来颤颤悠悠，舒服着哪！再说也经济实惠，买辆小汽车得多少钱？一根竹竿儿才几个钱儿？顶多费上两个劳动力，反正竹竿子国有的是人。小汽车不是也得有个司机开吗？"

我想说："就是慢了点儿"，话到嘴边又忍住了，我怕老头儿又发急。我说：

"挺有意思的，什么时候能到那儿瞧瞧去！"

果然怪老头更来情绪了："瞧瞧去吧！大街上的秩序好极了。公共汽车站，电车站，等着上车的人全用竹竿子穿着，谁来等车，自动自觉把自己穿在后头。车一来，售票员从竹竿子上往下摘，摘下来一个上去一个，一点儿都不乱！咱们可倒好，你看车一来那通胡挤！昨儿我上西单牌楼，等了三辆车也没上去。我一看不挤不行了，抢先守住车门儿。设想到上头的往下挤，下头的往上挤，我夹在中间两脚悬空，差点儿没把肋茬子挤断两根儿！

再看人家商店，也是井然有序：店里预备着好些长竹竿子，买东西的人全穿起来，谁也甭想加塞儿！"

我说："这么一看，胸口的那个洞还真管用！"

怪老头儿说："用处大啦！去看电影，满员了，没关系。电影院经理说：'服务员，拿竹竿子去！'服务员马上抱来一捆竹竿子，把那些买了票又没座位的人全穿起来，往大厅里一吊。那地方既挡不住下头的观众，又看得清楚！住旅馆去，满员了，没关系，旅馆掌柜的告诉店小二：'小二，拿竹竿子去！608 号房间再吊 20 位！早吊满啦？没事儿，把四面墙都钉上大钉子，往上挂！'火车满员了，没关系，列车长告诉列车员：'小张，拿竹竿子去！这节车厢再挂 120 位旅客没问题！'"

我忍不住说："那么呆着，多累得慌啊！"

怪老头儿说："人家吊惯了，也都觉得挺舒服的。这叫——叫——"

我说："叫习惯成自然。"

怪老头儿高兴地说：

"对对对，就叫'习惯成自然'！"

第二天上学，课间休息时，我跟几个哥们儿侃大山，给他们讲了怪老头儿的海外奇谈。下节课是语文，我也没注意蔡老师早来了，夹着讲义、端着粉笔盒，悄悄坐在我背后听。上课铃响时我才发现他，吓了一跳。蔡老师笑着说：

"行，赵新新还有两下子！"

我连忙说："不是我，都是怪老头儿瞎白话的……"

蔡老师说："也不全是'瞎白话'，多少有点儿古书上的依据。"

古书？怪老头儿还懂得古书？我不信，猜想是蔡老师住着怪老头儿的房子，替人家说好话。

没想到，放学的时候蔡老师找到我，递给我一张条子说：

"我查了查书，你好像挺感兴趣，就看看吧！"

那张条子上写的是：

"大耳朵国"：据唐代李冗《独异志》载，"《山海经》有大耳国，其人寝，常以一耳为席，一耳为衾。"以其为扇、为伞，则不见经传，恐系老人杜撰。

"四面国"：《太平御览》卷79引《尸子》，"子贡曰：'古者黄帝四面，信乎？'"又，《山海经》云，"有人焉，三面，是颛顼之子，三面一臂。"惜未见有"四面国"之说。

"老头儿国"：不见经传，亦未之闻也。晋人张华有"大人国，其人孕三十六年，生白头"。老人言"六十年零十个月"，又有该国无半边天之说，大谬矣！

"竹竿子国"：不见经传。《山海经》载有"贯胸国"，云，"贯胸国在其东，其为人，胸有窍。"《异域志》有"穿胸国"云，"穿胸国在盛海东，胸有窍。尊者去衣，令卑者以竹木实贯胸抬之。"老人"竹竿轿子"云云，当本此。

其余不知所出。

蔡某谨识

 作家简介

孙幼军，1933 年出生，当代著名儿童文学作家。他是孩子们熟知的"怪老头儿"，一生热爱童话创作。他的《小布头奇遇记》是中国第一部获得国际安徒生荣誉作品证书的儿童文学作品，他创作的《亭亭的童话》、《唏里呼噜历险记》等，深受广大小朋友的喜爱。他的作品深深影响着中国一代又一代少年儿童的成长。孙幼军的作品曾荣获全国优秀儿童文学奖、中国国家图书奖提名奖、宋庆龄儿童文学奖等多种大奖，并在 1990 年获国际安徒生奖提名家，成为中国第一位获此殊荣的儿童文学作家。

炸糕和滑翔机

● 孙幼军

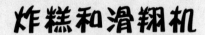

星期天吃过早饭，我把妈妈给的 20 块钱揣在衣兜儿里，上街去买模型飞机的材料。经过怪老头儿的小房子，我站住了。总是有事求着老爷爷才登门，多不好！应该去看看他。说不定也能找个机会帮他做点儿事，比方说，老爷爷的蜂窝煤烧光了，替他拉来一车，再不，帮他拾掇拾掇屋子——他那屋子实在太乱了！

门开着一道缝儿。我敲敲，没人答应，侧耳听听，里头有人哼哼，我就推门走进去。

怪老头儿躺在床上，捂着大棉被，只露出脑袋。脑袋也不全露着，脑门子上还搭着条湿毛巾。我连忙走上去问：

"您这是怎么啦？"

怪老头儿一脸苦相，哼哼唧唧地说：

"唉哟，我准是快死了……脑袋疼，肚子也疼，腰还酸腿也疼……唉哟，唉哟……"

我着急了："来，我扶您上医院！"

怪老头儿大叫起来："我不上医院！我不上医院！我不打针！"

我说："那我给您买药去！"说着就往外走。

怪老头儿又大喊大叫："我不吃药！我不吃药！吃药多苦，还不如吃炸糕哪……"

我没听清，扭头问他：

胡萝卜先生的胡子

"您说吃什么？"

怪老头儿生气了："炸糕！你怎么连炸糕都不懂？就是糯米粉包的，里头有小豆馅儿，豆馅儿里还搁好些桂花、白糖，包好了再放进油锅里炸……药好吃还是炸糕好吃？真是傻瓜！唉哟，唉哟……疼死啦！"

这回听明白了，我赶紧朝外跑，一边跑一边想：是嘛，我生病的时候不是也想吃点儿什么？比方说，橘子，还有汽水、冰棍儿。

跑到小吃店，我买了六个大炸糕，六八四块八。明知道老头儿吃不了这么些，吃不了怕什么？还有我呢！反正是爷爷剩下来的，回去报账的时候我妈也说不出什么。

我捧着沉甸甸的一包子热炸糕飞跑回去。

怪老头儿噌一下子从被窝里坐起来，接过一个大炸糕，三口两口就没了。我又递上一个去，又没了。六个都吃光，老头儿舔着嘴唇，眼巴巴瞧着我手里那张油乎乎的纸。

我二话没说，又跑出去。这回我把剩下的几个钱儿全掏出来，总共买回 19 个炸糕。怪老头儿见我回来，高兴地把两腿放到床下来，伸过一只手。我递过一个去，他就吃下一个。我这只手就跟乒乓球"推挡"似的，一下接一下地往前送，"叭叭叭叭"，怪老头儿一口气把 19 个大炸糕全吃了！

吃完，怪老头儿快活地说：

"好家伙，总共吃了八九个！"

我心里话儿：您谦虚啦，总共是 25 个！

怪老头儿自言自语地说："再吃俩还行。不过饮食需要节制，特别是我这个岁数儿……对，不吃啦！"

我替他拾起地上的湿毛巾，正要递到他手里，老头儿早把两只油手按在自己衣襟上乱抹一气，擦得干干净净。我羡慕地看着他，不由得说：

"要是我这么干，我妈准得扇我一个耳光……"

怪老头儿说："我妈不管我！"

我朝四下里看看，问他："您的妈妈住哪儿？"

怪老头儿说："噢，不住哪儿。我70岁那年，我妈就没了。活着的时候，老管着我！不完成作业不行，不洗脸不行，乱擦手也不行。其实往哪儿擦不一样？擦在毛巾上，毛巾不是也得洗吗？没绕过这弯儿来！这回没人管着我啦，爱怎么干就怎么干，真叫棒！"

老头儿一边说着，一边穿衣服。我说：

"您……病好了？"

老头儿说："当然啦！怎么着，不乐意让我好啊？"

我连忙说："不是不是！我是说，您还没吃药……"

老头儿说："你说这个呀？人跟人不一样。有人生病得吃药；有人生病得打针；有人生病非吃橘子、喝汽水不可；也有人生病得吃炸糕。好比说我吧，一吃炸糕病准好！"

我在盆里洗洗手，帮爷爷叠被子。他拦住我说：

"不叠不叠！叠了，晚上还得抖开，多麻烦！再说，一叠，把里头的热气都放跑了，可惜不？"

怪老头儿又问我："你今天找我是什么事儿？"

我说："今天没事儿，就是瞧瞧您。我上街去买模型飞机的材料，打这儿路过。"

怪老头儿眨巴着眼睛："你说买什么？"

我又重复一遍，看出老头儿还不明白，就给他解释：

"是一堆木头片儿，装在一个纸口袋里。回来用胶水把木头片儿粘成一架木头飞机，再糊上纸……"

我本来还想告诉他，我在学校滑翔机比赛得了第一，要参加全区的运动会，想做一架更好的滑翔机。可是忽然想起这一架飞机早进了怪老头儿的肚子，就没心思往下说了。

　　怪老头儿说："木头片子呀？那玩意儿还用买！我这儿有的是，回头你带点儿回去点儿就成了。"

　　我说："可不是什么破木头片子都成。挺光、挺薄的，还得轻。我是要参加比赛。我们把飞机扔起来，看谁的飞机在天上停留的时间长。时间最长的得第一，还给发奖呢！"

　　怪老头儿说："那就更合适了——你跟我来！"

　　他一掀门帘儿，把我领进里屋，朝天棚上看。我随着仰起脸，看见天棚是一条一条薄板儿拼的。我问：

　　"您说的就是这个？"

　　老头儿说："没错儿！"

　　我心里非常感动。老爷爷为我做架模型飞机，居然要拆房！

　　老头儿像是猜出我心思了，说：

　　"根本就不是拆房。我干嘛要拆房，闲的呀？那些板条儿跟天棚没一点儿关系，在上头单摆浮搁着，明白不？"

　　我一点儿都不明白。

　　"看你这孩子挺大的脑袋，像是挺聪明的，怎么连'单摆浮搁'都不懂？这就是说，那些薄板儿不是钉在上头，也不是粘在上头，是它们不乐意在地上呆着，自己飞上去的。这回明白了吧？"

　　这回我更糊涂了。

　　怪老头儿说不清楚，急得直跺脚。他到底想出个办法，把椅子搬到桌子上，然后爬上去。

　　"你瞧着！"怪老头儿站在顶上，朝下喊一声，接着用双手抠住一条板子。那条板子果然跟天棚"没一点儿关系"，挺容易就拿下来了。老头儿把板子夹在胳肢窝底下，爬到地面上来。

　　他紧抓着板子，平举双臂，对我说："你再瞧！"

　　说着，他松开两手。那块板子一得到自由，立刻向上飘去，"啪"的一声，又贴到天棚上，就好像它是片铁皮，天棚是块大

磁铁。

我傻了眼。

"看清楚了吧？"怪老头儿见我惊得发呆，不由摇头晃脑，十分得意，"刚才你说什么来着？'破木头片子'！告诉你说吧，这是我们家的传家宝！要是没天棚挡住，它们就一直朝上飞，也不知道飞到哪儿去了！"

我十分纳闷："为什么会朝上去呢？"

怪老头儿说："为什么不朝上去呢？这是飞天树的木头！"

"飞天树？"

"准知道你没听说过！"怪老头儿美得不知道怎么呆着才好，一蹿坐到桌子上，拍着桌面说："来，你也坐下！——不用说，'云里峰'你也没听说过。现在我就给你讲讲。这事说来话长：我爷爷的爷爷的爷爷的爷爷……我说了几个'的'了？"

我一边念叨，一边掰着手指头数，回答说：

"四个。"

怪老头儿说："才四个呀？不这么说了，太麻烦！这么说吧：我的有 678 个'的'的那位爷爷。他年轻的时候是条好汉，勇敢得不得了。我们老家有座大山，最高的地方叫'云里峰'。谁也没见过云里峰什么模样，因为太高了，老在云彩里头待着。大伙儿都说那上头有象牙虎，谁上去就吃了谁。有人不信，上去了，肉包子打狗，一去不回，也就没人敢再上。"

"我的有 678 个'的'的那位爷爷不服气，说：'我就不信，非上去瞧瞧不可！'带了一大口袋干粮和一柄大斧子就走了。"

"他爬了 10 天 10 夜，到了云里峰顶上。到了那上头一看，没见着象牙虎，倒倒瞧见一棵大树。没见过这么大的树！树顶在云彩里头，也不知有多高。那就看看有多粗吧，他把干粮袋和大斧子撂在地上，绕着大树走。从清早儿一直走到天黑，他这才绕了一圈儿，瞧见了自己放在地上的东西，也累了，就背靠大树睡

胡萝卜先生的胡子

213

着了。"

"第二天早晨要下山，他觉得大树上那些藤条不顺眼。藤条足有好几百根，每根都有水缸那么粗。它们好像成心不让大树往高里长，紧紧地勒着，都嵌到树干里去了。我678个'的'的爷爷很生气：'你们这些无赖，靠着人家往上爬不算，还打算把人家勒死！'他就抡圆了大斧子，朝藤条猛砍起来。一气儿砍了九天九夜，到第十天天亮的时候，就剩下一根藤条了。"

"他听见什么东西在脚底下'喀吧喀吧'响，又觉得眼前这面墙——就是树干，晃动起来。他也没好好想想，心说：'砍完了再说！'把最后这根藤条也砍断了。"

"这一下子可不得了，就听着'轰隆隆隆'！'哗啦啦啦'！'呼——呼——'！好家伙，脚底下忽然冒出一座小山，把他举起来，接着小山崩裂，四面八方都有石头和土向他盖过来，海浪似的！为了不淹在里头，他拼着死命往外扒。扒出来一看，你猜怎么着？哎哟，那棵大树已经连根拔起，正呼呼呼地朝上飞呢！"

"原来这是棵飞天树。那些藤条原是管着它，不让它飞走的。我678个'的'的爷爷不知底细，愣把藤条全砍断了，它可不就飞走了么！你猜猜，新新，那棵飞天树飞到哪儿去了？"

我问："飞到哪儿去了？"

怪老头儿神气活现地说："月亮上！它飞呀飞呀，不停地飞，飞着飞着，树梢在后，树根朝前，'嚓'一下就插到月亮上了！不知道吧？月亮上那棵大树，其实就是我678个'的'的爷爷栽上去的！"

我忍不住说："不对吧……月亮上没有树……"

怪老头儿说："怎么没有！这还有错儿？你等月亮圆的时候，在咱们这儿都瞧得见！"

我说："那上头真没树。有人都上去了，是两个美国人，坐火箭上去的。一个是官儿，一个是兵。按计划应该是那个兵先从

214

登月舱里走出，踩到月亮上，可是那个官儿想占第一，就说，'我先上！'后来那个兵才上去。"

怪老头儿怀疑地盯着我，好像我在撒谎。好一会儿，他才犹犹豫豫地说：

"你讲得倒是有鼻子有眼儿的……"

我说："真的，不骗您！电视里都放了。您没看电视啊？"

怪老头儿有些不好意思，他说："我家没那玩意儿……我看那玩意儿有点儿害怕，看一回就不敢再看了——怎么里头总是打仗，还杀人？"

我说："登上月球那个电视不打仗。赶明儿再演，我来叫您。您一看就知道那上头没树了。都是石头，连水都没有，也不下雨，树怎么长啊？"

怪老头儿还是半信半疑地盯着我："你敢说，那上头真没水？"

我说："保证！"

怪老头很泄气，不说话了。我赶紧安慰他说：

"其实不一定。也没准儿您的那位多少个'的'的爷爷……"

怪老头插嘴说："678个！"

我说："是啊，也没准儿他活着那时候，月亮上还有水呢……"

怪老头儿果然高兴起来："就是嘛！反正那棵大树是飞上去了，这绝对没错儿！"又指指头顶说："这些飞天树的木头就可以证明！"

我不明白："那棵大树连根儿飞走了，这些木板是哪儿来的？是不是还有别的树？"

怪老头儿说："你听我说呀！我678个'的'的爷爷一看大树飞走了，就在云里峰上找起来，想再找着这样的树。真可惜，这种树再没第二棵。他很难过，嗐，原想做好事，结果干了一件坏事！就在这工夫，他看见一块大石头底下露出半截子东西，像

是一把大刀的刀鞘。他用力把这件东西抽出来，仔细看，是个大豆荚。大豆荚鼓溜溜的，可是拿在手里特别轻，好像要飘起来。看来这是大树飞上去的时候，从树上震下来的，又被树根拔出的碎石头压住。他紧紧攥着大豆荚，用手轻轻剥开一个角儿。里边露出一颗很黑很亮的种子，有鸭蛋那么大。他再往下剥，忽然'吧'一声响，豆荚爆开来，一串黑鸭蛋直朝天上飞去了！亏得地手里还紧紧攥着一颗。这回说什么也不能让它再飞掉了！"

"他回到家立刻在院子里挖一个特别深的坑，把种子埋下去，上边还压了一块大石头。刚浇上水，就有一根小苗苗绕过石头冒出来。喝，长得真快，跟气儿吹着似的！他怕树再飞上去，就找来一条粗绳子，把树缠起来，又锯了一段一段的木桩，钉进树四周的地里，把绳子的另一端拴到木桩上。他干完这些，那棵树已经长得很粗了。他正要再取些粗绳子来，就听见脚底下'喀吧喀吧'响，大树又摇晃起来。哎呀不好，大树又要飞上天！"

"他跳上去抱住大树，回头向我 678 个'的'的奶奶喊：'快拿绳子来！'就在这时候，忽啦啦一片响，大树带着我的 678 个'的'的爷爷直飞上天了！"

"幸亏他腰上还别着那把锯子。他想，要是我飞到月亮上去，那上头连水都没有，我喝什么呀？——喂，赵新新，说真的，那两个美国人在月亮上头，要是渴了怎么办？"

我说："他们带着行军水壶，里头装满了可口可乐。再说，人家有火箭，在月球上呆不了多大工夫，就坐火箭回家了！"

怪老头儿说："噢，是这样！所以我 678 个'的'的爷爷心里想：'不行，我可没火箭，不能再往上飞了！'但是他又不敢松手，一松手掉下来，非摔成肉饼子不可。他挺聪明的——我们家的人都聪明！他就想，'我应该把我抱着的这一截儿锯下来，让这一截儿往上飞的劲头儿跟我的体重一样，这么着，我就可以停在半空了，再慢慢想办法'……"

"他开始估算，估算好了长度，往上爬了几步，左手攀住一个树杈，右手就下锯了，'嚓嚓、嚓嚓'！等到把大树拦腰锯断，嘿，估算得还真准！眼看上头那大半截子树干，连同树顶，像个大蘑菇似的，离开了他，直朝上飞；他自己抱着的这小半截儿，可就停在半空中了。"

"接下去，他把自己抱着的这截儿轻轻锯下一小块儿。果然，他慢慢地、慢慢地往下降落，平平安安地回到地面上。"

"回到家，他找了一块比自己身体还重些的大石头，把这一截树桩压住。他有五个孩子，都淘气，为了防备万一，他又把这截树桩锯成薄片，哪个薄片也不会把最小的一个孩子带上天去。他把这一摞薄木片又用那块大石头压住。"

"就这样，还是出了事。有一天，五个孩子趁他们爸爸不在家，爬到那摞木板上，一齐用力，把大石头推下去。他们想飞起来开心。可是石头推掉，木板并没飞起来。他们觉得没意思，正好妈妈叫他们吃饭，他们就一齐往家跑。有一个孩子比另外四个慢了一步，没想到他一下子被那一摞木板托到半空中去了！"

"我 678 个'的'的爷爷正好走进院子。他大叫一声跑上去，虽然跳起来老高，还是没抓住。他朝上喊：'坐稳，别翻下来！可是得想办法把板子撤下一块来！'那孩子别看很小，一点儿都不慌——我们家的人都遇事不慌！他趴到板子上，把一只手伸到底下，撤下一块板子。那摞板子上升得慢些了。'再撤下一块来！'又撤下一块。撤下的板子往上飞，越飞越高，无影无踪。可是撤掉了几块以后，剩下的一摞板子开始下降，把那孩子稳稳当当送回地面。"

"后来呢，剩下的薄木板就一代代传下来，一直传到我手里！"

怪老头儿说着，又仰头看天棚，我也不由地往上看。怪老头儿一乐说：

"怎么样？这回不说是'破木头片子'了吧？你们不是要比飞机在天上呆的时间长么？拿我这板子去做一架，准比谁的都强！"

我紧紧抱着怪老头儿给我的一块木板儿回家了。

一进屋子，我就忙乎起来。

这木板削下的木屑都朝天花板上飞。削好的木条儿、木块儿和木片儿，一不小心就贴在天棚上下不来，我只好搬梯子爬到顶上去拿。后来我想出个好办法：把雨伞撑开，绑在桌腿上，钻到伞底下去工作。这回它们再飞起来，都贴在伞上，一伸手就够下来了。

滑翔机骨架做好，再糊上纸，果然拼命往上跑。我用一根尼龙线把飞机拦腰拴住，牵着尼龙线，飞机就停在半空，跟牵着个气球似的。比赛的规则可不允许用线牵着，我就又想出个高招儿。我把尼龙线这一端拴在椅背上，找来一大张破牛皮纸，撕成一片儿一片儿的往飞机上糊，一直糊到那架飞机再不往上挣也不落下来为止。

到了比赛那天，运动场里坐满了全区各小学的同学和老师，足有四五万。那些滑翔机的选手拿着自己漂亮、轻巧的飞机，一个个都很神气。瞧见我的飞机，他们全都哈哈哈地笑起来：

"快来看哪，牛皮纸糊的飞机！"

"有20斤重，还比赛呀？回家呆着去吧！"

"头一回看见飞机上打补丁，嘻嘻！"

"你们别瞎闹，人家这飞机立过战功，让火箭击落过！"

"……"

大伙儿围住我，足足地一通起哄。

怪不得他们那么神气，成绩都不错。有个选手还打破了这个项目的全国纪录。

轮到我出场，大伙儿都憋不住笑。可他们谁也没想到，我的

飞机一弹射到天空中就不下来了！随着微风，它在天上荡来荡去。裁判员老师们都惊奇得睁大眼睛，一会儿看天空，一会儿看手里的跑表。大喇叭"哇啦哇啦"响起来：

"报告大家一个好消息：现在场内上空飞行的滑翔机已经超过了世界纪录！这是123号选手赵新新的飞机，让我们用热烈的掌声向赵新新同学祝贺！看哪，它还在继续滑翔，看哪！看哪！"

其实播音员不喊，大伙儿也早把眼睛瞪得溜溜圆，使劲看着呢。

所有的项目都结束了，我的飞机还在天空中翱翔。大家欢呼了五六个钟头，早喊累了，肚子大概也饿了。我很着急，脑门子上都是汗。真糟糕，忘了设计一个让它降落的装置，这可怎么收场啊！

还好，天空中飞来一片乌云，"哗啦哗啦"下起雨来。飞机上的牛皮纸淋湿了，变得沉重，它终于缓缓地降落下来。

据大喇叭说，我的滑翔机创造了一项新的世界纪录，这个新记录超过原世界纪录6小时39分54秒2！

胡萝卜先生的胡子

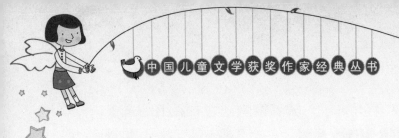

甜　甜

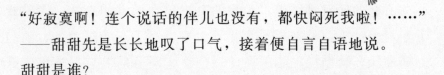

● 樊发稼

"好寂寞啊！连个说话的伴儿也没有，都快闷死我啦！……"

——甜甜先是长长地叹了口气，接着便自言自语地说。

甜甜是谁？

他是一条虫子，一间奇特的苹果房子的主人。他是专靠吃苹果肉长大的。苹果很甜很甜，所以他也就叫"甜甜"了。

甜甜一点也记不得，他是什么时候住进这间苹果房子里来的了。反正那时候他还很小很小。但他可以肯定原先决不是只有他自己住在这里。至于先前跟他做伴的到底是谁？是爸爸妈妈爷爷奶奶？他可说不上了。

甜甜住的这间房子实际上就是一个大苹果。不过里面是空的，而且空间在不断地扩大，因为里面的果肉被当作食物逐渐地被吃掉了。

房子里面永远有一种扑鼻的苹果香，湿润又好闻。

只是房子里挺黑，没有一点光亮。

而且这房子不是固定在一个地方。比如说，一阵大一点的风，就可以把它吹滚到另一个地方；有时一条淘气的小狗，也会将它踢得很远。每遇这种情况，房子里的甜甜就像经历一次地震，浑身震撞得好难受。

甜甜曾经有爷爷奶奶，他们对他说道：

"记住，住在这间房子里，千万不要出去。"

甜甜是很听话的。他很尊重老人。他深信老人的话总是对的。所以不论房子如何动荡和不安定，也不论整天憋在这个小房子里有多么难受，他从来也没有产生过想要离开这所房子的念头，最多自言自语说这么一句："好寂寞啊！连个说话的伴儿也没有，都快闷死我啦！"

有一天，甜甜照例不知道是早晨、中午还是晚上。他一觉醒来，只感到肚子特别饿，便在房子壁上使劲啃了一口——当然你知道，他啃的实际上就是苹果——当他吃饱的时候，他忽然发现刚啃咬过的地方，透过一缕他从未见过的淡淡的红光。啊，这红光这样柔美、这样温馨！

甜甜目不转睛地看着这淡淡的红光，高兴极了。他知道这淡淡的红光的出现，将会使他的生活，发生重大的变化。

他急切地继续啃咬房壁。渐渐地，那红光越来越亮……

最后，这间房子终于开了一个小小的口，这口，恰好成为一个窗户。

甜甜急忙从窗户探出脑袋，啊！这是一个多么美好的天地！远处是一座绿色的山，山上正升起一轮鲜红的朝阳，辽阔的蓝天上霞光万道；近处潺潺流淌着清亮的小溪，溪畔盛开着各色花朵，花丛间有蜂蝶在翩翩起舞；茂密苍翠的树林中，百鸟啼啭，鸣声悠扬悦耳……

甜甜忘情地看着、听着，不仅大声赞叹：

这世界真美，简直太美了！

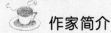 **作家简介**

樊发稼，诗人、作家、文学评论家。上海崇明县人。中国社会科学院文学研究所研究员、研究生院文学系教授，中国作家协会全国委员会名誉委员、原儿童文学委员会副主任，中国寓言文

学研究会名誉会长。出版有《儿童文学的春天》等11种评论集，《春雨的悄悄话》等40多种作品集，选集有《樊发稼儿童文学评论选》、《樊发稼作品选》、《樊发稼童话》、《樊发稼寓言集》和《樊发稼幼儿诗歌选》等。寓言集《将军和跳蚤》获中国寓言文学研究会第二届金骆驼奖。1993年获台湾杨唤儿童文学奖特殊贡献奖。曾任中央宣传部"五个一工程奖"和国家图书奖评审委员，中国作家协会全国优秀儿童文学奖评委会副主任，宋庆龄儿童文学奖评委会主任。1992年获国务院颁发的政府特殊津贴。

小闹钟的故事

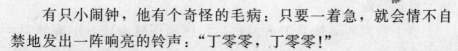

● 樊发稼

有只小闹钟，他有个奇怪的毛病：只要一着急，就会情不自禁地发出一阵响亮的铃声："丁零零，丁零零！"

小闹钟来到"开心乐园"玩打扑克，整整玩了五个小时，一副牌也没赢过。他着急了，便"丁零零"、"丁零零"地发出一阵阵铃声。"开心乐园"的经理听到铃声，以为有人给他打电话，急急忙忙跑到电话机旁，摘起听筒一听，根本没有声音。当他弄清楚是怎么回事后，就冲着小闹钟骂了声：

"小闹钟，你真讨厌！"

小闹钟来到学校参加期末考试，规定考两小时。时间过去了一个小时，十道数学题，小闹钟才答了两道。他着急了，便"丁零零"、"丁零零"地发出一阵阵铃声。参加考试的学生们听到铃声，以为考试结束的时间已到，尽管不少试题还没有答完，便匆匆交了卷。当大家弄清楚是怎么回事后，就都冲着小闹钟骂："小闹钟，你真讨厌！"

假期到了，小闹钟要乘火车到外地去看望姥姥。由于城里车堵得厉害，当小闹钟乘公共汽车赶到东郊火车站的时候，离火车开车的时间已经很近了。小闹钟从候车室冲过检票口，来到站台上，急得满头大汗，他这么一着急，"丁零零"、"丁零零"的铃声马上响起来。火车司机听到铃声，以为开车时间已到，便提前几分钟把火车开走了。害得许多旅客都没有赶上这趟车。当大家

弄清楚是怎么回事后，都冲着小闹钟骂："小闹钟，你真讨厌！"

一次，小闹钟来到大森林旅行。苍翠的树木无边无际，到处盛开着各种各样的鲜花，大森林的景色美极了。小闹钟快活地在林中小道上行走，只见一只棕色的小松鼠正在一棵大树下静静地、专心致志地看书。而在小松鼠身后的不远处，一只凶恶的狼狗正在悄悄地向小松鼠靠近。

见到这种危险情况，小闹钟急坏了，于是，"丁零零"、"丁零零"的铃声便急剧地响起来。这急促的、响亮的铃声把那只凶恶的狼狗吓跑了。

当小松鼠弄清楚是怎么回事后，便满怀感激地对小闹钟说："谢谢你，小闹钟，多亏你救了我！"从此，小闹钟和小松鼠成了一对好朋友。